幕府は倒壊へ……
我らはどうなる

兎束 保之
UZUKA Yasuyuki

文芸社

目次

はじめに

日本の政治を旧陸海軍が左右させていた昭和十二年（西暦１９３７年）に私は生まれ、太平洋戦争の真っ只中で小学校（当時は国民学校と呼ばれていた）へ入学した。終戦（日本の敗戦）後に、占領軍の政策によって、それまでの天皇制を中心にした日本史教育の内容が全面否定された中で小学校を卒業し、教育課程が旧制度から男女共学を中心にした六・三・三制へと定着してゆく期間が、中学生、高校生だった。そうした移行期、それに伴う歴史教育の変わり目に成長したので、私には日本史を系統だって学ぶ機会がなかった。

音楽家（ヴァイオリニスト、東京芸術大学名誉教授）であった父・兎束龍夫《うづかたつお》が昭和六十年（西暦１９８５年）に他界し、その遺品を整理した母・すゞ子から、父が書いた自家歴史綴りである『兎束家に関する覚え書き――後世に残そうと思い』を手渡された。

父は長野県上田市で武士として続いた家系の次男として生まれ、先祖達を心から尊敬していた。それだけに、自分の故郷と生家に対する思い入れが強く、その気持ちを後世にまで伝えたいと願って『覚え書き』を残した。

その『覚え書き』を読んでみた。だが、幕末から明治初頭にかけて国全体が揺れ動いた時、それに直面した私の曾祖父が、それからをどう歩むべきかを模索し、行動しようとしたのか、そのあたりは全く分からなかった。それを知りたいと思っても、私が持ち合わせていた日本史に関する知識は乏しかったので、見当がつかなかった。これは我がことながら残念であり、淋しかった。

それを契機に、幕末から明治に至るまでを、自分が納得できるまで自習してみようと思い立った。

海外諸国から開国を迫られ、国内で多様な動きが出てきた幕末から、明治初頭までの約十年間を扱った数編の書物を読んだ。その折に頭に残った幾つかの単語を拾い上げ、自分用の歴史の覚え書きを作った。作った後で改めて読み通してみると、相互に関連する内容が多いと分かってきた。

だが、さらに三十数年を経て、八十五歳を過ぎてからこの覚え書きを読み返してみたところ、「何とも味気ない無機的な内容の羅列であることか……」という思いが広がった。時代の変革期が主題なのだから、生活の激変に晒《さら》された人々が大勢いた筈である。そうした人々の心の中には、戸惑いや怒り、そして時には安堵する気持ちというような、感情の起伏があったはずである。ところが、それらが全く書き込まれていなかったのである。

文学作品を読むと、登場人物の心の動きや迷いが巧みに描写されており、読者側にはそれに共感する、まれには反発する情感の動きが自然に生まれてくる。そうした心の動きを誘ってこそ、読む側の人々は先への展開を期待するのではないか、と思い始めた。

幕末から明治初頭にかけての約十年間は、日本史上では稀にしか見られないほど大きな政治制度の変革期であった。その変革過程を文字で表現しようとするならば、変革の大波に直接さらされた人々の動揺や不安も併せて描写するべきではないか、と考え始めた。

江戸時代から明治へと政治変革が進む中で大きな衝撃を受けたのは、それまでは何の疑いも抱かずに伝統や前例の中に安住していた人々であろう。頭に浮かんだのは、江戸幕府を開いた徳川家に直属する軍事組織の構成員（旗本、御家人）であった。彼等は厳格な組織の構成員であったればこそ、個々人の判断に従った行動はできなかったはずである。
私が自分用に作った幕末史の覚え書きのところどころに、己の意志だけでは身動きが出来ない旗本とその家族の生活を点描し、全体をセミドキュメンタリー小説として纏めてみたらどうだろうか、と考えるようになった。

その構想を実現させようとして、徳川家に仕える旗本・松野家を登場させた。徳川家に直属する旗本には、「己の身命を賭して徳川家を守る」という使命がある。それだけに、江戸幕府が倒壊して徳川家が政権の座から転落すれば、旗本達は前の時代の遺物と化し、新しい時代では不要な人間集団になってしまう。彼等は自分の方からは何の手出しも出来ないうちに、生活基盤の全てを奪われてしまう恐怖に晒《さら》されたのである。
本書をお読み下さる方々に、筆者の心の軌跡と意図がご理解いただけるように、と願っている。

令和六年三月

著者　兎束保之

一　旗本 松野家

徳川家の旗本・松野伴之助重忠《まつのとものすけしげただ》は朝食を摂ってから身支度を整え、江戸の上野山の西側にある根津《ねづ》町の邸を馬で出た。一年振りに、信濃国《しなののくに》にある知行地・祢津《ねづ》の山里で何事にも気を遣わず、ゆったりとした時の流れの中に身を置くのを楽しみにしていた。ところが中山道《なかせんどう》……といっても、まだ御府内にある板橋宿を通り過ぎて、次の蕨《わらび》宿（埼玉県）へ向かう途中で、不慮の事故で急死してしまった。

伴之助重忠の供をしていた厩番の男が、邸へ走り帰って事故の報告をした。だが、報告を聞いた奥方のすみは、あまりにも唐突な事故報告だったので半信半疑であった。

伴之助重忠の一人息子で七歳になる芳保《よしやす》は、事故の知らせを受けた直後から家老の半田《はんだ》光三郎《こうさぶろう》と向かい合い、何度もうなずきながら真剣な顔で言葉を交わしていた。それからは先祖達の位牌が納められている仏壇の前に座り、ひたすら神妙にしていた。

半時（約一時間）ばかりして、大八車に乗せられた伴之助重忠の遺体が松野家に着いた。遺体を目の前にした奥方のすみは、あの事故報告が現実の出来事だったことに大きな衝撃を受けた。それからは、傍目《はため》には狂乱したのではないかと思われるほど激しく遺体に縋《すが》りつき、大声で支離滅裂な言葉を出し続けた。

ややあって――、息子の芳保が遺体の脇で涙を流しながらも静かに座っているのに気が付き、すみは次第に落ち着きを取り戻していった。

夕暮れとなり、すみは家老の半田と用人《ようにん》の西橋小四郎《にしはしこしろう》を近くに呼んで、松野家としての対処方法を相談した。先ずは取り急ぎ、伴之助重忠が急逝したことを上司である小普請組の組頭へ届け、同時に一人息子の芳保を嫡子として認めてほしいと願い出た。

伴之助重忠の葬儀が終わってから半月ほどが経った頃に、組頭を通して幕府から、芳保を松野家の嫡子と認め相続を許すという知らせが伝えられた。

西橋小四郎は旗本松野家で主として金銭の出入りを扱う用人を務めている。その西橋小四郎は、このところ騒がしくなった世の中にあって、御家（松野家）が無事に存続してゆける方法を模索していた。

その頃（安政四年＝西暦１８５８年：以下同様に和暦と西暦を併記する）は、幾つもの国から来た黒船がこの国に開国を強く迫っていた。それだけに、何事につけても『今までと同じように』と言っては済まされない不安が漂う世情であった。

ところが松野家の若殿（芳保）はまだ十歳にも達していない。その若殿が大人としての判断力を持つまでは、奥方を中心にしつつ、家老の半田と用人の西橋とが御家を無事に存続させなければならない。その立場を全うする上で、参考になる確かな手掛かりを得るにはどのようにすればよいのだろうか。その「どのようにすれば……」へ向けて、西橋小四郎は徐々に思考の焦点を絞っていった。

《黒船の度重なる来航こそ、何も彼もが〝今まで通り〟では済まされない大きな変化が迫ってきている証拠である。それに対応しようとして世の仕組みが大きく動く時には、御家としては将来を見据えた間違いのない判断に迫られる。

だが、世の中の動きに対応した判断をする際には、わきまえておくべき事柄がある。

我らは日本全国を分割統治している幕府が置かれている江戸に住んでいる。その幕府の御膝元に住んでいるからこそ、この江戸の中にいて耳に入ってくる話が世の中の動きの全てである、と受け止めてはならないのだ。なぜなら、この江戸では幕府にとって不都合な内容の話は、それが広がる前に幾重にも規制がかかり、ときには歪曲《わいきょく》されてしまうであろうから……。それだからこそ、幕府から通達される心得、あるいは江戸市中に流れる尾ひれがついた噂話を丸のみにし、そればかりを御家の存続を目指した判断の拠り所にするのは危険なのである。

御家の存続を願って間違いのない判断をするには、誰もが納得できる確かな根拠がある間違いのない実情報告が、ぜひ手元にあってほしいのだ。

この国には、江戸とは同じではない歴史や生活様式の許で暮らしている人々がいる。すぐに頭に浮かぶのは、天皇の御座所がある京の都で暮らす人々である。それに続くのは、『天下分け目の戦い』と言われている関ヶ原の戦い（慶長五年＝１６００年）で、徳川方とは敵対関係になった長州藩と薩摩藩の領地で暮らす人々である。そうした地域に住む人々は、いま将に迫り来つつある時代の変化をどのように受け止めているか――――、それこそが今は知りたい。

旗本松野家の知行地のひとつに祢津の山里があり、そこには忍びの技の一部を受け継いだ者達が住んでいる。その彼等を、京あるいは長州や薩摩の内部で疼《うず》いている動きを探りに出そう。そうした地域に住む市井の人々は、世の中が変化しつつある中でどのように対応しようとしているか、それを彼等に報告してもらおうではないか。
具体的方法としては、祢津の山里で生まれ育った若者達を、その山里で産する絹織物の行商人として京や西国へ派遣する。そして派遣された先々で気付いた事柄を飛脚に託す文で、江戸の松野家へ報告させるのだ。
その報告内容を我らが心得ていれば、御家として将来へ向けた重要な判断や決断が迫られた時に、またとない助けになるだろう。》
西橋小四郎は、このような内容を骨子とした案を取りまとめた。

二　祢津の山里

ここに出てきた「忍びの技の一部を受け継いでいる者達」を理解するには、祢津《ねづ》の山里の歴史と、そこで現実に営まれている生活を知らなければならない。

戦国時代には、信濃国《しなののくに》（長野県）の上田から上州街道の鳥居峠を経て繋がる上野国《こうずけのくに》（群馬県）の北西部地域を、真田昌幸《さなだまさゆき》が領地としていた。そしてその配下には、忍びの者（隠密＝下級武士）として働いた者たちが何人もいた。その忍びの者達は、大坂夏の陣で真田昌幸の次男・源次郎信繁《げんじろうのぶしげ》（幸村《ゆきむら》）が討ち死にした後は、武家の配下にある隠密の立場で働くのをやめた。彼等は武士を捨てたという意味の「武捨《むしゃ》」を共通の名乗りとし、未開の山野を開拓して生活する道へと歩み出した。その子孫達が祢津の山里に暮らしているのである。

ところが、「武捨」を名乗った彼らが住み着いた祢津の山里は、南向きながらモノナリが良くない傾斜地であった。

江戸から中山道をゆくと、信濃追分《しなのおいわけ》（長野県軽井沢町）から北へと分岐して越後国《えちごのくに》（新潟県）へ通ずる北国街道《ほっこくかいどう》がある。その北国街道の小諸《こもろ》宿の近くにある祢津神社の脇を北東へ折れ、烏帽子岳《えぼしだけ》の裾野に広がる斜面を暫く登る。その先に出てくる傾斜地が祢津の山里である。

その祢津の山里には、水田にできる場所は猫の額ほどしかない。加えて夏の気温が稲の生育に適したほど高くはならない。苦労を重ねてわずかばかりの水田で稲を育てても米の収穫量は少なく、食料の中心にはならない。そこの住民達が日常的に主食にしているのは、山裾の斜面でも栽培ができる麦、粟《あわ》、黍《きび》、蕎麦《そば》などの雑穀と薯《いも》（里芋）であり、米飯は祭りなどの特別な日に口にできるだけである。それゆえ、この山里は旗本松野家の知行地でありながら、そこから松野家へ納められる米は一粒もなかった。

そこの住民達は、野山でしばしば目にする雉《きじ》や山鳥《やまどり》、あるいは兎《うさぎ》や鹿、そして時には猪《いのしし》などを貴重な食料にしている。住民達は、不意に目の前に出てくる野生の動物を狩猟する手段として、手裏剣を用いている。先祖達が忍びの者として働いていた頃に多用した手裏剣の技を、幼い頃から生活手段として身に付けるように育てられているのだ。

旗本松野家の用人西橋小四郎が考え出した絹織物を行商する方法は、なかなか巧妙であった。京や西国へ行商に出す祢津の山里の若者達へ、松野家から支給するのは当面必要とする旅費と飛脚代だけにする。彼らが受け取るべき報酬と行き先で必要な滞在費は、彼ら自身で売りさばいた絹織物の売上金とする。そのようにすれば、若者達は絹織物をできるだけ高い価格で売ろうとするはずである。

他方、祢津の山里にいる親や家族に対しては、松野家から何ほどかの米を支給する。そうすれば、行商に出た若者達は親や家族から感謝され、松野家を裏切ることなく使命を果たすに違いない。

江戸幕府の中心にある徳川家。その徳川家の旗本には、「己の身命を賭して徳川家を守る」という使命が課せられている。その使命に従うべき状況がどのような時に起きても、旗本達は速やかに徳川家の許へ駆け付けなければならない。その役目に対応できるようにと、旗本達は江戸在住を義務付けられている。そうした制約があるので、旗本達の知行地の多くは江戸に近い関東の平野部にあり、それが当然のこととして受け止められていた。

松野家は、徳川家が未だ松平と名乗り、三河《みかわ》（愛知県）の領主であった頃から付き従ってきた。付き従った年数は長いものの、徳川家に対して特段の武功、あるいは論功があったわけではなかった。江戸を中心とする幕政が二百五十年ほども続いてきたが、松野家は行政上の特定の役割を与えられない小普請組に属したままであり、家禄は四百石のままに据え置かれている。

四十年余り前になるが、当時の松野家の当主が小普請組を差配する若年寄に呼び出された。指定された日時に出頭すると、江戸から遠く離れた飛び地にはなるが、信濃国にある祢津の山里を知行地に加えるように示唆された。当時の松野家の当主がすぐに予想出来たのは、石高が増えそうもないのに、遠隔の地にある知行には様々な手間と神経を使わなければならない――そういうことだった。「これは身に降りかかる火の粉」と受け止めはしたものの、若年寄からの示唆を言葉巧みに遠慮する形で断れなかったのである。

江戸の上野山と呼ばれる小高い丘の西側に根津町がある。そこには地境を接して数人の旗本達の邸があり、その中のひとつが松野家の邸であった。信濃の国にあって上田藩領と小諸藩領に囲まれている祢津の山里の住人達は、自分達の地域の知行者は江戸にあって、同じ発音のネヅという町にお住まいの旗本だという意味で、親しみを込めて「祢津《ねづ》（根《ね》津《づ》）の殿様」と呼んでいた。

祢津の山里を知行地とされた松野家は、そこを初めて視察した時から、その地で生産される米の取れ高を増やすのをあきらめた。それに代わり、高冷地ながら南向きの斜面が広がる祢津の山里でも栽培が容易な、桑の木を積極的に植えさせた。夏の間に茂る桑の葉を蚕《かいこ》に与えて生糸《きいと》を生産させるのだ。そして晩秋に穀物の収穫が終わってから冬いっぱいをかけて、生糸から絹織物を作らせた。そうして生産された白無地の絹織物を米に代わる年貢として松野家へ納めさせる方向へと、そこの土地柄と住民の活かし方を変更した。

祢津の山里の中にあって、住民達が角間《かくま》と呼んでいる地区は、桑畑にできる緩斜面すら乏しいところである。そこの住民達は山の急斜面に生える木々から、年間を通して炭を焼いている。秋が深まる頃に、炭を担いで市街地である小諸や上田にまで出かけて売るのが、暮らしの糧を得る手段になっている。

ところが、その角間には泉質が良い温泉が湧くのである。

江戸に定住している旗本達、しかも彼らが数人まとまって狭い地域に住んでいる根津町。その旗本達の生活では、冠婚葬祭ばかりではなく、日常的にも互いに細かい気遣いが求められる。旗本の中でも「その他大勢」に相当する小普請組に属していた松野伴之助重忠は、そうした江戸根津町の生活を些か煩わしく感じていた。年に一度だけではあるが、知行地の視察を名目にして角間の湯に浸り、何事にも気を遣わず、ゆったりとした時を過ごすのを無上の楽しみにしていた。

松野伴之助重忠が不慮の事故に遭ったのは、江戸から角間の湯へ向かおうとして自邸を出て間もなくであった。中山道では、江戸御府内にある板橋宿を過ぎてから、次の宿場である蕨宿（埼玉県）へ向かう間には湿地が多い。その湿地では田畑と萱場とが交互に連なっている。

飼い主が握っていた引綱を振り切った暴れ牛が、高く茂った萱場の中を縫うようにして作られた道から、いきなり中山道へ飛び出して、伴之助重忠が乗った馬の直前を横切った。それに驚いた馬が棹立ちになり、予期せぬ馬の動きに対応できなかった重忠は、落馬して首の骨を折ったのであった。

三　ひとまず江戸へ

松野家の用人西橋小四郎は旅支度をして祢津《ねづ》の山里へ向かった。祢津の山里で生まれ育った若者達に、京や西国のあるがままの状況を松野家へ報告するようにと、依頼する旅であった。平素は江戸の中だけで生活している西橋小四郎は、中山道を一日歩く毎に、茶店で接待をする女達の言葉が少しずつ変わってゆくのに心を留めた。これから行く祢津の山里に住む若者達の多くは、その地でしか生活したことがないはずである。そうした彼等には、旅の途中で、あるいは到着してから滞在する先で、新しく経験する生活方法や習慣が多々あるに違いない。そうした彼等への心配りをどのようにするべきか――、それを学びながらの旅になった。

祢津の山里で住民達が使っている言葉には極端な訛《なま》りはないし、独特な方言も少ない。それゆえ、そこの若者達が江戸へ、あるいは京または西国へ出ても、会話には大して不自由は感じないであろう。だが幾つかある生活習慣の違いを乗り越えながら、任地の生活に適応できるかどうかには個人差が出てくるはずである。

生活習慣の違いとして目立ったのは、米飯に対する異様な欲望である。祢津の山里では米飯は滅多に口にできない。それだけに米の飯を目の前にすると、この時とばかり大食いをしてしまう。旅をする途中で米飯の大食いが三日も続けば体調を狂わせてしまうだろう。

松野家が祢津の山里の若者達に託そうとしている任務は、時代の動きに晒された京や西国の人々は、それにどのように対応しようとしているかを生活や会話を通して探り、それを江戸の松野家へ報告することである。その任務を果たすには、先ずは十日あるいは半月以上にも及ぶ徒歩の旅をしなければならない。旅をして目的地に着いた後は、その地域に長く滞在し、そこに住む人たちと日常生活の多くを共有する。そうするには、少なくとも米飯に対する異様な欲望だけは取り除いてから旅立たせる必要があるだろう。

西橋小四郎は祢津の山里へ着くと、すぐに里長《さとおさ》の家へ向かった。しばらくぶりに対面した挨拶を交わしてから、先ずは松野家の殿が急逝されたと伝えた。それに続き、有難いことに、幕府からはまだ七歳の若君（芳保）を嫡男として認める書面が届いた、という現況を伝えた。そうはいうものの、その若君が大人の判断を下せる年齢になるまでは、御家老様と西橋小四郎とがお家を支えてゆかなければならないという実情を、ありのままに話した。その上で、今までになく騒がしくなった世の中を松野家が無事に渡ってゆくのに必要な判断材料を、祢津の若者達が京や西国で生活しながら集め、それを飛脚で江戸の御家へ知らせてほしいという希望を説明した。

「そうしたお役目を果たせる者が、この里にいるだろうか」

その西橋小四郎の問い掛けに対して里長はしばらく黙り込み、やや下を向いてゆっくりと息をしていた。

里長が目を上げ、おもむろに話し始めた。

「お役に立てる者はおります。ですが……、ここから発って、そのまま京の都や西国へ向かうのでは、生活方法と習慣の違いが大きいので、気持ちと体への負担が大きくなり過ぎると思います。目的地へ向かう前に、暫くは江戸の根津町にあります殿様のお邸に住まわせていただき、異郷の生活に適応できる心を育ててからにしていただきたいのです。

諸国から人が集まる江戸の生活を経験させていただいた後ならば、異郷へ旅立ってもお役に立てるでしょう」

里長が心配している内容は西橋小四郎にもよく理解できる。

「江戸に滞在する期間をどのくらいと見積もればよいだろうか」

少しの間、やや下を向いていた里長が静かに顔を上げて口を開いた。

「それは人によって異なると思います。

初めは殿様の御邸内にこの里の者達を何人か一緒に住まわせていただき、朝から明るい間は、各人が望むように自由に行動させます。夕刻からはひとつの部屋に集まり、自分たちが幼い頃から馴染んだ言葉や生活習慣に戻れるように致します。そうするうちに、今までとは異なる生活環境に適応できた者が出てきますから、そうなった者から順次、異郷の地へと旅立たせるのが宜しいかと思います」

「うん――――、そう……だろうな――――」

西橋小四郎の頭の中では、江戸の根津町にある邸の中で山里の若者達が生活する情景が行き来した。そうするうちに懸念が湧いた。何人もの山里の者が長く江戸の邸に留まっていれば、それが少しずつ近隣に知られ、穿鑿《せんさく》が始まるであろう。

それを配慮した修正案を里長に示した。

「如何であろう、根津町にある松野家の御邸にこの里の者が何人も滞在すれば、周囲に目立ちすぎると思うのだ。この里から来た者達を御邸からは少し離れた長屋で寝起きさせ、明るいうちは各人が望むように江戸市中を自由に行動させる。わし（小四郎）が夕飯過ぎからその長屋へ出向き、彼らがその日に見聞きしたことを自由に話し合わせる。その内容を報告文に纏めさせ、わしがそれをお家へ持ち帰る。なお昼間に江戸市中で使った銭も明確に記録させ、松野家からそれを支払う。

そのようにすれば、これから任務を帯びて出掛けて行く初めての地の生活や言葉に慣れやすく、さらには見聞した内容を飛脚に託す報告文を書く練習にもなると思うのだ」

小さくゆっくりと頷いた里長が眉間にしわを寄せ、やや厳しい口調で問いかけてきた。

「おっしゃる通りかもしれません。ですが……、その男たちを何時から旅に出すという判断を何方がなさいますか」

「う、うーん。そうか――、それは難しいな――」

しばらく半眼で眉間にしわを寄せて考えていた小四郎が、ためらいがちに口を開いた。

「本人にさせたら……、うん……、本人にさせようではないか。

そして、本人が江戸で使った銭は松野家に対する本人の借金としよう。松野家ではお家のために働いてくれる者達の家族に対して、いくばくかの米を支給しようと考えているのだが、彼らの借金に相当する分の米を、松野家から親元や家族へ渡すのを差し控えるとしよう。そうすれば、本人はなるべく早く旅立とうとするのではないかな」

小四郎が発言した内容を吟味しているかのように暫く黙っていた里長が、やがて口を開いた。

「御用人様がおっしゃる通りでしょうね……」

やや間をおいてから、里長がためらいがちに言い出した。

「江戸から京の都や西国へ旅立つ道筋を、中山道と決めて頂けないでしょうか。遠方へ旅立つ前に、数日間はこの里に滞在させたいのです。かように申しますのは、その滞在している間に、本人にしても両親あるいは家族にしても、改めて松野家のお役に立つ働きをしに遠い所まで出かける――、そういう気持ちがはっきりと固まると思うからです。

その滞在中に、旅の途中で、あるいは任地で売る絹織物を集めさせ、それが旅の間に風雨に晒されて汚れないように、しっかりと荷づくりをさせたいのです」

小四郎は静かに頷いた後で里長に返事をした。

「それは良いところに気が付いてくれた。そのような手順を踏んでお役目に向けて出発させたいと、わしからもお家の奥方様と御家老様へお願い致そう」

気の詰まる話が済んだ後で、里長が静かに語りかけてきた。

「御用人様、今からここを御発ちになるのでは、宿がある街道へ着くまでに日が暮れてしまいます。今夜は月が出ない日ですから、この辺りの道は住民ですら滅多には出歩かないほどの暗闇になってしまいます。日が落ちてからお一人で歩くのは危険ですから、今夕はここでお泊まりになり、明朝に江戸へ向けてご出立されたらいかがでしょうか。江戸にお住まいの方をおもてなしできるほどの食べ物はこの地には何もございません。ですが私共の家族と同じものを召し上がっていただき、囲炉裏の近くでお休みいただけるのでしたら、私共も嬉しく存じます」

その控えめながら親切な提案を西橋小四郎はそのまま受け止め、一夜をそこで過ごすことになった。

日が落ち始めた頃、里長の家族と一緒に夕食を摂った。そこで出された品は西橋にとって初めて口にするものばかりであった。主食として出された蒸した黍《きび》に目を凝らした。平素は白い米飯ばかりを口にしている西橋から見て、それは淡いながら黄色であった。口に入れると粘り気はあるものの、餅米のように歯に粘りつくほどではない。特有な香りはあるが、それが食欲を減退させるほどの強さではない。素直に咽喉を通ってゆく。

副食として出された魚は鰍《かじか》と教えられた。手の中指ほどの大きさで、頭が大きく腹側がやや平らな体形である。腹の下にある吸盤のような形をした鰭で石に張り付いているらしい。里長の話では、鰍を捕まえるのは主に子供達であり、遊び半分の仕事なのだという。魚が潜んでいそうな川底の石へ両側から静かに手指を入れ、指に魚の動きを感じたらつかみ取るのだと説明された。取れた魚は口から木の枝に刺し、囲炉裏の遠火で乾燥させて保存しておくという。

夕食に出されたのは、乾燥保存しておいた鰍を古い漬物と一緒に軽く煮た、と言われた。口に入れると、頭の付近にある小骨がわずかに歯や舌にあたるものの、江戸で食べ慣れている目刺しイワシの口当たりに近い。

春先には、鰍は流れの中にある大きめな石の陰に集団で卵を産むのだそうだ。その卵を見つけると、薄く引き延ばした真綿の繊維で数粒ずつを包み、川の上流に棲む岩魚《いわな》を釣る餌として使うと説明された。
屋内には便所がないので、寝る前には必ず屋外の便所で用を足しておくようにと注意され、そのようにした。

江戸へ帰った西橋小四郎は、松野家の奥方と御家老に、先ずは祢津の山里で里長と交わした会話内容を詳しく報告した。続いて山里の景色、一夜を里長の家族と一緒に過ごした様子を伝えた。奥方と御家老は、里長が旅に出る若者達のために希望した内容を、確かに実現させると約束した。

四　水戸様の御邸で

松野家の求めに応じ、遠国へ向けて最初に旅立ったのは武捨善之助《むしゃぜんのすけ》であった。善之助は祢津《ねづ》の山里では親孝行者として知られており、その上、手裏剣の技は誰もが目を見張るほどである。

松野家の用人から託された任務内容を初めて里長から伝えられた時、善之助は息を呑み、その場では返答を躊躇していた。だが翌日になり、両親の了解が得られたので遠国行きのお役目を引き受ける、と言ってきた。

善之助を含めて、祢津の山里の若者達四人が江戸へ来て十日ばかり経った頃に、善之助は「江戸の暮らしは面白い」と口に出した。善之助は江戸の街を広く歩き回り、どの方面ではどのような景色がみられる、あるいは何町にはこのような品物を商う店があった、などと盛んに口にした。そうした善之助の言葉を聞くと、好奇心満々で江戸の生活を楽しみながら、そこから学んだ内容を己の役目に生かそうとする意欲が伝わってくる。

さらに数日経つと、

「遠い国、できれば薩摩の生活を経験してみたいです。薩摩は江戸から一番遠い国ですから、お武家さんが参勤交代をするのに経費がかさんで大変だと思います。ところが、飴屋から聞いたところでは、薩摩はもっと南の国から船で運ばれてくる黒糖を国内で独占的に販売しているので、藩の財政は豊かなのだというのです。ぜひ、そうしたところへ行き、そこに住む人々の暮らしを見たり、体験をしてみたいと思います」

とまで言い出した。

松野家の用人西橋小四郎は善之助の話を聞き、提出される報告文を読むうちに、

「この男なら間違いなく良い仕事をしてくれる」

と、日毎に信頼を寄せていった。西橋からの報告を聞き、善之助が書いた報告文を読んでいる家老の半田光三郎も納得顔であった。

祢津の山里の若者達四人が江戸へ来てから半月ほどが経ったころ、家老の半田が用人の西橋へ向けて穏やかな口調で話しかけた。

「行商の旅に出る者達から、向かった先の状況やそこに住む人々の考え方を知らせてくるのは、我らにとって大変有難いことだと思う。だが、こちらが考え付く新しい指令を彼等に伝える手段を考えているかな」

「はあ……、いえ、何も考えておりませんでした」

小さく頷いた半田家老が静かな声で続けた。

「そなたから祢津の山里の若者達を京や西国へ派遣して、彼の地の人心の動きを探らせるという案を聞いて以来、気掛かりなことがあるのだ。

絹織物の行商に出た者達から我らが知らせを受け取るのはよいだろう。それらの知らせを総合した上で、江戸にいる我らが新しく考え付いた内容を彼等に向けて伝える手段を持つ必要がある、と思うのだ」

西橋は頷《うなず》くように小さく首を動かしたものの黙ったままである。西橋から応答がないので、半田が再び口を開いた。

「どこかに中継できる場所があればよいのだろうが……、残念ながら上方や西国にはお家のご親族はおられない。我らにも、これと言って頼れる身内がいない」

半田は一息おき、改めて西橋の方を向いて言葉を続けた。

「いろいろな状況を考えてみたのだが――。祢津の山里で織った絹織物が全く売れないということは無いだろう。ほどほどに売れれば、二か月か三か月で売り切ってしまうはずだ」

西橋は絹織物を売り歩きながら、その地の状況や人々の考え方を江戸の松野家へ報告させる――、そこにばかり思考が傾いていた。それゆえ、御家老から指摘されたことには何も返事が出来なかった。

少し間を置いてから半田が続けた。

「持ち歩いた絹織物が売り切れてしまえば、遠方へ出かけた者達は補給のために祢津の山里へ帰ってくる。その時に、こちらから伝えたい内容を書いた文が里長の許に届いていればよいのではないか、と思いついたのだ」

西橋は半田の提案に「その通りだ」と思い、そのままを受け入れることにした。

祢津の山里の若者達が江戸へ来て二十日あまり経った安政五年（1858年）八月下旬になり、武捨善之助が旅立ちを申し出た。世が動いてゆく方向を一日も早く知り、松野家としての対処方法を考えたいと望んでいた家老の半田は出発を許した。用人の西橋は当座の旅費と飛脚代を渡し、善之助には翌日の朝食後に出発するように命じた。

朝には松野家で挨拶を済ませて出立した善之助が、その日の昼前に再び松野家に現れた。西橋小四郎が驚いて問いただすと、密やかながら落ち着いた声で善之助が報告した。

「中山道へ入ろうとして白山《はくさん》神社の近くにまで参りますと、人の動きやら声高に叫ぶ声が普段の様子とは違う、と気付きました。私も人の流れに乗って小石川まで参りますと、大きくて立派な御門が幕府のお役人様達によって封鎖されておりました。どなた様の御屋敷かを町の人に聞きますと、水戸様だというのです。水戸様といえば私共でも知る御三家のひとつです。『これは何かある』と直感し、お知らせに戻って参りました」

その報告は、西橋小四郎からすぐに家老の半田光三郎へ伝えられた。

そして、その日の昼過ぎになり、小普請組の組頭から松野家に対して通達があった。その内容は、「幕府の御政道に逆らう動きがあるので、何時でも出動できるように準備して待機するように」であった。

その当時（安政五年＝１８５８年）は、日本とアメリカの間で貿易することを主旨とした日米修好通商条約の締結が大きな課題になっていた。条約の内容は、互いの利益を中心にする物の売り買い、そして人の出入国が中心であった。この内容は、それまでの国家方針であった鎖国を破ることを意味する。

その四年前には、日本とアメリカの間で日米和親条約が結ばれていた。その和親条約とは、広い太平洋を幾日もかけて渡ってくるアメリカの捕鯨船へ、日本が燃料、食料、水を提供するという、いわば人道的見地から支援の手を伸ばすという内容だった。提供した物品、あるいは船の修理、悪天候を避けて入港する船へ便宜を図った見返りに、アメリカ側は金銀で対価を支払う。それだけの内容になっていた。その物資補給と海難救助用の基地として、江戸からは離れた伊豆半島の南端に近い下田と蝦夷地の箱館（函館）とを開港し、下田にはアメリカ領事館を置くのを許していた。

当時の江戸は、都市としては世界最大の人口を抱えていた。その大きな人口を支えるのに必要な大量の米を江戸へ供給するには、大量輸送が可能な船舶を使う必要があった。江戸城と江戸の市街地の前に広がる江戸湾（東京湾）へ太平洋から入る航路には、西回り航路と東回り航路があった。だが、いずれの航路も、下田で風待ちをしてから江戸湾へ向かっていた。

北関東あるいは東北地方から来る船が東回り航路から直接江戸湾へ入らなかったのは、房総半島の近くには岩礁が多く、遭難の危険性が高かったからである。必然的に、伊豆の下田は国内では機能や設備が最も整った港であり、開港地とするのに相応しかった。

日米修好通商条約の締結が国家間の課題になっていた頃、京にあって朝廷の頂点に立っていたのは孝明天皇である。孝明天皇は徹底した外国嫌いであったから、鎖国継続を強く主張していた。

幕府の方では、海を隔てた隣の大国・清（中国）が阿片戦争（１８４２年）で敗北して以来、ことある毎に国土の一部を西欧の列強国へ割譲してきた事実を承知していた。そうした隣国の状態を理解していたからこそ、日本が鎖国を継続してゆくのは適切ではないと判断していた。

当時の日本の政治体制は、歴史的経緯で、天皇家を頂点とする朝廷が日本全体を治める建前にはなっていた。ところが、統治に関わる一切の実務を幕府に委任していた。そうした統治形式は、平安時代末期に武家が台頭し、やがて鎌倉に幕府が出来て以来、数百年にわたって続いた慣行であった。この慣行が、あたかも正式な制度であるかのように続いてきた不合理性が表面に現れたのが、鎖国継続か開国かを巡る朝廷と江戸幕府との意見対立であった。

その年の四月から、幕府政務機構の最高位に相当する大老に就任していたのは井伊直弼《いいなおすけ》だった。井伊直弼は、日米間で修好通商条約を結ぶ前に、朝廷から勅許(許可)を得るのが好ましいと考えていた。ところが朝廷からは鎖国を強く主張されたので苦慮していた。他方、下田に駐在していたアメリカ領事のハリスからは、手を変え品を変えて修好通商条約の締結を迫られていた。ハリス領事は外交に不慣れな幕府を相手にし、自分も過労で体調を崩しながらも、あの手この手で条約締結を迫ってきた。その強引さに押し切られた形で、安政五年(1858年)六月十九日に日米修好通商条約が結ばれた。

日米間で修好通商条約が結ばれたことを知ると、オランダ、ロシア、イギリス、フランスも同様な条約締結を幕府に迫った。ほどなくこれら四か国との間にも条約が締結され、長崎、新潟、兵庫（神戸）、神奈川（横浜）の開港が決まった。しかし、日本側には関税を自主的に決める権利がなく、外国人の裁判は各国の領事が母国の法律に従って行う等々、不平等なところが残された。この不平等条約問題を解決する交渉は、明治になってまで続いた。

日本の在来宗教思想を総括して神道と呼んでいる。その神道を中心にした水戸学が生まれた水戸藩では、異教を信ずる外国勢を追い払えとする攘夷思想が盛んであった。その水戸藩では、日本が外国と条約を結ぶ際には朝廷の同意が必要である、と捉えていた。したがって修好通商条約締結の是非が国家の課題として持ち上がった時点では、尊王の精神――天皇の御意向を重んずる――という立場から、攘夷するべきであると考えていた。その主張の先頭に立っていたのが、水戸藩の前藩主徳川斉昭《とくがわなりあき》であった。徳川斉昭とその七男で御三卿のひとつである一橋《ひとつばし》家へ養子に入り、すでに当主となっていた慶喜《よしのぶ》（以後、一橋徳川慶喜と記す）は、幕府が修好通商条約を締結したのを強く批判した。この言動に対して幕府側は、幕政を批判した罪として、徳川斉昭と一橋徳川慶喜、そして水戸藩藩主徳川慶篤を蟄居処分にした。

幕府が水戸徳川家に処分を下すに至った経緯を知った朝廷は、幕府が開国へ踏み切る前に御三家御三卿、そして有力諸侯に相談しなかったのは独断専行である、と捉えた。その捉え方が行き着いた結果として、朝廷の意向を理解し、味方になり得るのは水戸徳川家だけであると考えるようになった。

八月に入り、孝明天皇は国の頂点にあるという立場から、幕府と水戸藩に伝えたい内容を『御趣意書《ごしゅいしょ》』としてまとめ、それを幕府と水戸藩へ渡すように命じた。そこに書かれていた内容を現代文で要約する。

『このところ外国船が頻繁に来るので、人心は不安におののいている。国家の一大事であるから、朝廷（公）と幕府（武）が一体となり、また諸大名は幕府に協力して対処しなければならない。公武一体が永久に続くように互いに助け合い、外国から侮《あなどり》を受けないようにするべきである。そのように天皇は考えている。』

この『御趣意書』を発送するには、関白の内覧という手続きが必要であった。その内覧をした関白九条尚忠は、自分の考えに基づいた添書《てんしょ》を付けた。

『天皇からご命令が出された。その内容は、天下の一大事への対処のあり方にとどまらず、徳川家を助ける内容も含まれている。御三家御三卿からその御隠居に至るまで、そして各藩の方々にも、御命令の内容が伝わるようにいたせ、それが天皇のお言葉である。』

この添書の冒頭にあるように、『御趣意書』は天皇からの命令書（勅諚《ちょくじょう》）と受け取られる文面になっていた。この『御趣意書』は暦《こよみ》との組み合わせで、戊午《ぼご》の密勅《みっちょく》と呼ばれており、幕府宛と水戸藩宛の二通が作られた。


先ずは京都にある水戸藩邸の留守居役へ手渡された。幕府を通さずに、特定の藩へ朝廷から『御趣意書』が直接渡されるのは、前代未聞の出来事であった。それから三日遅れて幕府の京都所司代へも渡された。

水戸藩へ下された『御趣意書』は、すぐさま江戸の水戸藩邸へ運ばれ、藩主徳川慶篤に届けられた。江戸の水戸藩邸内は、『御趣意書』の添書にあるように、各藩の方々へ内容を伝えるべきか否かで激しく揺れ動き、その動きは藩領である水戸にまで広がった。

幕府の受け止め方は、――――朝廷が『御趣意書』を出したのは、「水戸藩が仕組んだ陰謀に朝廷が乗せられたからだ」――であった。その受け止め方を起点とし、幕府は、水戸藩関係者だけにとどまらず、攘夷を叫ぶ人々を徹底的に弾圧すると決めた。

――・――・――・――・――・――・――・――

徳川家の旗本松野家で出発の挨拶を済ませて中山道へ入ろうと旅立ったばかりの武捨善之助が、小石川にある水戸徳川家の付近で見た異様な人の動きは、水戸藩と幕府の間で起きたこの騒動だったのである。

松野家は組頭から出動待機命令を受けたものの、当主の芳保はまだ七歳。止むを得ないということで、家老の半田光三郎と用人の西橋小四郎が、『いざ』という時に備えて武装して待機していた。だが、幸いなことに、出動の命令がないままで数日が過ぎ、やがて平常の生活に戻っていった。

松野家では、ひとまず出動待機状態から平常な日常生活へ戻った。だが小普請組の組頭からは、「いつ幕府から出動の命令があっても即刻対応できるように備え、各家の主人はしばらく外出を控えるように」という指示があった。

五　江戸と水戸

水戸藩内では、戊午の密勅の写しを全国の大名家へ届けようとする派（改革派）と、それを行えば水戸藩と幕府との関係が悪化するから控えるべきだとする派（保守門閥派）との対立が表面化していた。その対立は日毎に激しくなり、互いの動きを見張るために水戸と江戸を結ぶ街道が封鎖されるほどにまでなった。この藩内の対立を鎮めようとして、水戸藩へ下った戊午の密勅は藩邸の奥深くに隠されてしまった。その状況に不満を抱いた水戸藩士たちの一部は、脱藩して江戸へ向かった。それと同調するように、神道に直接かかわる神官たちは日本全国、特に西国にある神社へ向けて、戊午の密勅の写しを持ち歩こうとする動きになった。

祢津《ねづ》の山里から出てきて、松野家が借り受けた江戸の長屋で暮らしていた武捨春重《むしゃはるしげ》は、明日には上方へ向けて旅立とうとしていた。

松野家の近くに根津神社があると聞き、春重はその神社を見ておこうと思って訪れた。神社の社殿の近くを歩いていたとき、白い上衣に浅葱《あさぎ》色（黄色がかった薄い緑色）の袴を身に付けた神職姿の男がいたので、軽く頭を下げた。相手も同じように頭を下げながら笑顔を見せたので、春重の方から声を掛けた。

「私は信濃の国にあります祢津と呼ばれている山深い里から参りました。その里の名と同じ発音名の神社が此処にあると聞きましたので、初めて訪ねて参りました。この神社の由来を教えて頂けないでしょうか」

相手はやや困惑した様子を見せたあとで、微笑《ほほえ》みながら受け止めてくれた。

「いや、私はこの神社の神官ではないので、もしも間違ったことをお教えするといけませんからお答えは差し控えます。

私は水戸にある神社から来て、昨晩からここに泊めて頂いているだけなのです。許してくだされ」

その控えめな物言いに、春重は親しみを感じた。

「いえいえ、そちら様のご事情を知らずにお尋ねした私の方こそ失礼を致しました」

軽く頭を下げると、神職姿の男は親しみを込めた笑顔で静かに話しかけてきた。

「お前様は信濃の国から参られたと言っておられたが、信濃の国は広い。そのどの辺りからお出でになったのですかな」

「火を噴く山として広く知られております浅間山の北西方向に、烏帽子岳《えぼしだけ》が聳えています。私の住むところは、その烏帽子岳の裾に広がる南向きの斜面でございます」

「私は水戸から来ましたが、水戸の周辺は平らな土地が広がっています。そして水戸からこの江戸へ来るまでは、やや遠くに筑波山が見えた以外は起伏が少ない道ばかりでした。お前様が住む場所へ行くには山の坂道を登るのですかな」

「はい、私が住むところは、江戸に住む方々なら歩くのに息を弾ませるほど、大変な傾斜地ばかりでございます」

お互いに未知の世界を知りたい気持ちが通じ合い、それから暫くは平野部の暮らしと山間部の生活について話し合った。思いがけずも長いお喋りをしているうちに、神官姿の男が水戸で起きている動きを口にした。

「水戸では騒動が起きているのです。京にお住まいの天子様から頂戴した命令書の内容を、他藩の方々へもお知らせするのか、しないのかで、二派に分かれて争っているのです」

神職姿の男は眉間に小さな皺を寄せ、そこから急に話の向きを変えた。

「お前様は、これからもずっと江戸にいなさるのですかな」

「いえ、私は明朝には江戸を発って、父母が暮らす祢津の山里へ帰ります」

「私も明朝には江戸を出て西国へ向かうが……、中山道の何処かで一緒になるかもしれませんね。そうなりまして、色々な話ができるとよろしいですね……」

親しみを込めながらも、やや唐突とも思える言葉を残し、神職姿の男は軽く一礼して社務所の方へと歩み去った。


春重には根津神社の由来を聞けなかったことに心残りがあった。だが、明日からは中山道を経て上方を目指す身である。その旅支度をしようと気持ちを切り替え、仲間と一緒に寝起きしている長屋へ戻った。

旅といっても、初めの三、四日は生まれ育った祢津の山里までである。その旅支度は、江戸へ出てきた際に身に付け、洗い替えとして持ってきた衣類をまとめるだけであった。

日暮れ近くになり、仲間達と松野家の用人西橋小四郎とが集まったところで、春重は根津神社で水戸から来たという神職姿の男に会い、こんな会話をした、としゃべった。

松野家の用人西橋小四郎が真剣な顔を向けて尋ねた。

「その神職姿の男は、明朝には江戸を出て、中山道を西国へ向かうと言っていたのかな」

「はい、そのように言っておりました」

「そうか……、ならば春重は明朝早くに此処を出発し、中山道の何処かでその神職姿の男と連れ立つようにいたせ。水戸でどのような騒ぎが起きているのかを時間をかけて聞き出し、その内容を御家へ報告するように致せ。よいな」

春重には、なぜそれほど真剣な口調で御用人様が水戸の状況を聞きたがっているのかが分からない。だが、御用人様が自分に対して命令口調で明日の行動のあり方を指示するからには、水戸徳川家と江戸幕府との間で何か重大なことが起きているのだろう――、漠然と想像していた。

春重は夜明けに出立した。中山道を暫く北へ向けて歩くうちに、旅人の数が次第に増えてきた。だが昨日、根津神社で言葉を交わした神職姿の男には出会わない。先へ先へと急ぎ、二日目の午後には高崎を過ぎ、安中宿《あんなかしゅく》へ向かう途中で掛け茶屋に入った。そこで中山道に面した縁台に腰を掛け、そのまま、注意深く人の流れを見ていた。

大分経ってから、あの男が町人姿で江戸の方向から歩いてきた。春重は急いで勘定を済ませ、静かに男へと近づいた。町人姿の相手は、人が近づいてくる気配に一瞬だけ顔に緊張を走らせたが、春重の顔を見ると笑顔になった。

「ここで会いましたな。道々目は配っていたのですが……」

「私の方も、周囲を見てはお探ししておりました」

「もうすぐ安中宿のようですから、今日はそこで泊まることにします」

「あ、そうですか。私も同じように考えておりました。お差し支えなかったら部屋を一緒にさせていただき、色々なお話をお聞かせ下さい」

町人姿の男は頬笑みながら頷《うなず》いた。

中山道では随一の難所といわれている碓氷峠《うすいとうげ》、その難所を目前にしたところに安中宿はある。

その日、宿は大変混み合っていた。二人だけの部屋は取れず、十畳間へ二組の客を収容する必要から、衝立で二つに仕切ったところへ通された。風呂に入り夕食を摂ったものの、二人で思いのままの話をする時間はなかった。

翌日は碓氷峠越えである。春重にとっては、その峠を越えれば故郷である祢津の山里まではは一日足らずの歩行距離である。勾配が急な峠道は、ところどころは山の中腹を削ったようにして造られている。その道を、息を弾ませながら、二人でゆっくりと登って行った。その途中で、春重からはごく自然に自分たちの生活、特に雑穀を主食にする山里の食事内容を細かく説明した。時折相槌を打ちながら聞いていた町人姿の男は、そろそろ峠の半ばになるかという辺りから、水戸で起きている騒動を話し出した。

春重にとっては分からないことだらけである。そもそも『御趣意書』とはどんなものを指すのかが分からない。それが世の中に対してどのような意味を持つものなのかは見当が付かない。それを尋ね、説明してもらっている間に町人姿の男はだんだんに興奮し、水戸藩の人々が『御趣意書』にどのように反応しているかにまで話が及んだ。二人で夢中になって喋りながら登っているせいか、名うての峠道を大して苦労を感じないで進んでゆく。

峠の頂上付近にまで来た頃に、町人姿の男は『御趣意書』の写しを持って西国にある神社を巡るのだ、と旅の目的を口にした。その話を聞いた春重には、『御趣意書』なるものが近いうちに天下に騒乱を引き起こす火種になりそうだ、と思えてきた。だが、それは口には出さず、相手の言うことにひたすら頷き、相槌を打つだけにした。

信濃追分で水戸の神官と別れた春重は北国街道へ入った。小諸宿の近くから祢津の山里へと続く道の分岐点の脇にあった茶店で足を休めた。春重はその店の奥に座り、水戸の神官から聞いた話を短くまとめた上で、それを江戸の松野家へ届けるように飛脚に託した。

六　京の都と長州藩そして江戸幕府

武捨《むしゃ》善之助が安政五年（１８５８年）に江戸を出発してからしばらくたった晩秋に、江戸の松野家へ宛てた飛脚による報告書が届いた。それは大坂から出されていた。

『京の都では、幕府が決定した開国には反対だと口に出せば、皇族の方々だろうと町人だろうと、捕らえられて投獄されているそうです（安政の大獄）。他方、孝明天皇は大の外国嫌いなのだそうです。京の街の人々は、幕府が外国との物の売り買いを認め、それに携わる外国人がこの国に入るのを許すと約束をしたといって、困惑した顔をしています。

私（善之助）はここ大坂から山陽道をたどり、海を渡って九州薩摩にまで行きますので、ご報告は切れ切れになると思います。』

そして欄外に、善之助が持ち込んだ信州（信濃国）産の絹織物が京では江戸よりも高く売れたので、薩摩を往復する旅費は賄えるだろう、と添え書きしてあった。

それから十日ほど後に、武捨春重が大津（滋賀県）で出した報告書が来た。

『茶店で休憩をしているときに、隣に座った二人連れの男が関東の言葉で話していました。その話の抑揚は、江戸の根津神社で会い、安中宿から碓氷峠を一緒に登った水戸の神官の語調とそっくりでした。』

＊　＊　＊

この二人からの報告で、松野家の用人西橋小四郎は、

「世の中は、江戸に住んでいたのでは分からない方向へ動き出している」

と直感した。若者達から来た報告書を家老の半田光三郎の許へ持参した折に、

「世の中の動いてゆく方向と速さが今までにはないほどになってきたようなので、組頭殿へ相談に行ったらいかがでしょうか」

と口に出した。

半田は「うん」と言ったまま暫く無言でいた。目を軽く閉じ、やや下向き加減であったが、やがて目を開けてから静かに自分の考えを口に出した。

「そなたの心配は分かるが……。

だが、いま我らの方から心配事として報告書の内容を組頭殿へ伝えるのは差し控えたい。もしお伝えすれば、我らが上方あるいは西国へ向けて密偵を放っていると知られてしまう。

させれば、その先を勘繰り、御家ぐるみで幕府の御政道に疑いを抱いていると推測されてしまうだろう。

よいかな……、そなたがわしに見せた報告書の内容、それを拠り所にして御家の先々を心配していることは、たとえ家中の者達といえども漏らしてはなりませぬぞ。そなたとわしだけが心得ており、この二人で御家の先行きを考えて参ろう」

知行地である祢津《ねづ》の山里の若者達を使い、御家の先行きに備えて世の動きを探ろうとする行動は、西橋小四郎の提案で始まった。だが御家老様の御言葉のように、秘かに送り出した者達から得た報告内容をお家の誰かが口外すれば、その責任を問われるのは松野家になってしまう。それだけは避けなければならない。御家老様の言葉に小四郎は責任の重大さを感じ、深く頭を下げて短く答えた。

「ははっ」

長州藩の領地（現在の山口県）のうち、広く瀬戸内海に面している南部を周防《すおう》と呼んでいる。そして、西端に近い所だけは瀬戸内海に面しているが、大部分が日本海側にある地域を長門《ながと》と呼んでいる。

周防の国の中でもほぼ東端に位置し、広島藩領に接している岩国へ向けて、松野家は慎重な性格で物事を冷静に判断する武捨義則《よしのり》を行商に向かわせた。そして武捨三次郎《さんじろう》には、藩主毛利家が城を構えている長門の国の萩、そして九州の小倉藩との間が狭い海峡だけで隔てられている馬関《ばかん》（下関）、その両地点を往復しながら行商させようと決めた。

任地までの長い道のりを考慮し、長州に入るまでは義則と三次郎とを同行させた。

信濃の国にある祢津の山里から江戸へ来て、松野家が借り受けた長屋に滞在していた若者達四人は、これで全員が旅立った。

――・――・――・――・――・――・――・――・――

本州の最も西側にあるのが長州藩である。その長州藩にも安政の大獄が起こした波紋が及んでいた。

長州藩々主毛利家に軍学師範として仕えていた吉田松陰は、西洋軍学を学びたいと望んでいた。その希望を実現させたい一心で、安政元年（１８５４年）四月に、下田へ来航していた米国艦船に頼み込んで密航しようとした。だが、それを果たせなかったので奉行所へ自首し、密航を企てた罪により数年にわたって長門国の萩にある生家に幽閉されていた。

幕府の老中であった鯖江藩の藩主間部《まなべ》詮勝《あきかつ》を暗殺しようとしていた男が幕府に捕らえられた。その捕らえられた男が、暗殺計画を吉田松陰に話したことがあると自白した。吉田松陰は直ちに江戸へ拘引され、安政六年（１８５９年）十月二十七日に死罪に処された。

長門の萩で幽閉されていた頃の吉田松陰は、生家の一隅で松下村塾《しょうかそんじゅく》を開いていた。そこでは身分を問わず、多くの若者達に「世界に目を開け」と指導し、討論させていた。その吉田松陰が幕府によって死罪に処されたのである。そうなれば、彼に師事していた長州藩内の若者達の心に、江戸幕府に対して反発する感情が強くなっても不思議ではない。

長州藩の藩主である毛利家は、関ヶ原の戦い（慶長五年＝１６００年）の前までは、山陰道および山陽道にまたがる十か国を領地とし、石高（領地が産する米の収穫量）は百十二万石を誇っていた。

ところが関ヶ原の戦いでは毛利家が西軍を率いた形となり、敗北を喫した。それにより、東軍を率いていた徳川家康が慶長八年（１６０３年）に江戸幕府を開いてからは、長州藩の領地は長門および周防の二か国だけに縮小された。したがって石高は三十七万五千石になってしまった。

領国の数が五分の一に、そして武家の力の大きさを示す尺度となっている領国の米の生産高（石高）が、三分の一にまで縮小されたのである。そうなれば長州藩内、特にその上層部には、江戸幕府に対する恨み、あるいは反発心が生まれる。その反発心は潜在化しながらも、二百年以上も経たこの時代にまで受け継がれている。

その頃の朝廷は、孝明天皇の強い御意向に従って攘夷を主張し、鎖国の継続を望んでいた。それとは反対に、幕府は世界情勢から見て開国に踏み切っていた。もしも国の最上部で起きた対立が人々の心を動かし、それが朝廷側と幕府側へ分かれて対立する事態になれば、長州藩は反幕府側、すなわち朝廷側に付くと考えても無理がない歴史的背景があった。

水戸藩家老で藩内の攘夷運動に指導的な役をしていた安藤帯刀《あんどうたてわき》に対し、幕府は大老井伊直弼《なおすけ》暗殺を立案したという罪を着せて、安政六年（1859年）八月二十八日に切腹させた。続いて幕府は、水戸藩江戸屋敷の奥祐筆で、前藩主徳川斉昭《なりあき》に対する蟄居処分を解除するように奔走していた茅根《ちのね》伊予之介を斬首の刑に処した。さらに、徳川斉昭は国元の水戸で永蟄居とされた。加えて水戸藩の京都藩邸留守居役だった鵜飼吉左衛門を斬首、『御趣意書』（戊午の密勅）を京から江戸へ運んだ鵜飼吉左衛門の息子幸吉を斬首し、その首を晒す獄門の刑に処した。

その上で幕府は水戸藩に対し、安政七年（1860年）一月二十五日までに『御趣意書』を朝廷へ返納するように求めた。それが実現しない場合には改易《かいえき》（藩領の召し上げ）もあり得ると云い渡した。

安政七年（1860年）三月三日、大雪の中を江戸城へ登城しようとしていた幕府の大老井伊直弼は、桜田門外で水戸藩脱藩者らに襲撃され、斬殺された（桜田門外の変）。

——・——・——・——・——・——・——・——

七　権威失墜した幕府
（長州と薩摩の主導権争いへ）

―・―・―・―・―・―・―・―・―

朝廷の賛同を得られないままで幕府が日米修好通商条約を締結して以来、朝廷と幕府の対立関係は一般民衆にも徐々に伝わった。

京の都には、天皇と公家達とで構成されている朝廷の御膝元として、長い歴史と誇りがある。必然的に、民衆は朝廷贔屓になりやすい。それだけに、開国反対を口にした者達に対する幕府の厳しい取り締まり（安政の大獄）が進むにつれて、京の人々の心は幕府から遠のいていった。

江戸幕府第十三代将軍徳川家定には嫡子がなかった。それが原因となり、第十四代将軍を決める際には、幕府内には紀州藩主・徳川慶福《よしとみ》を推す『南紀派』と、一橋徳川慶喜《よしのぶ》を推していた『一橋派』があった。第十四代将軍となった徳川家茂《いえもち》（前紀州藩主・徳川慶福）

の治世下で起きた安政の大獄では、旧『一橋派』に対する処分が殊の外厳しかった。中でも、一橋徳川慶喜の出身家系である水戸徳川家に対しては、幕府は過酷ともいえる処罰を科した。その過酷な処罰への反発と表現できる桜田門外の変が起きてからは、江戸においてさえ、幕府の権威は誰の目にも明らかなほど失墜してしまった。反面、朝廷に対する崇敬の念が増していった。

それに気付いた幕府は、半年後には態度を和らげた。一橋派として動いた福井藩の前藩主松平春嶽《しゅんがく》、同尾張藩の前藩主徳川慶恕《よしくみ》、および土佐藩前藩主山内容堂《やまうちようどう》の謹慎処分が解かれた。これらの謹慎解除処置には、もともと幕政へは参加できない決まりになっていた親藩や外様大名達と、幕府側との間にある深い溝を、これ以上は大きくしたくないとする幕府側の願望が含まれていた。

ところが水戸藩に対してだけは、幕府は高圧的な姿勢を執拗に取り続けていた。それから二年後の文久二年（1862年）一月十五日には、追い詰められていた水戸藩から脱藩した浪士が攘夷派の浪人と組み、当時の老中だった安藤信正《あんどうのぶまさ》（陸奥《むつ》磐城《いわき》平《だいら》藩の藩主）の登城行列に、訴状を掲げて斬り込む事件を起こすほどであった（坂下門外の変）。

幕府による一連の一橋派の赦免は、それまでの幕府人事のあり方に不満を抱いていた有力な外様大名達に、行動と発言の機会を与えることになった。中でも目立った動きを見せたのが長州藩と薩摩藩であった。

文久元年＝1861年、長州藩は幕府に対し、

「幕府が諸外国と結んだ修好通商条約こそ、遠い将来には日本を諸外国よりも上位の立場へ導く」

という内容の航海遠略策《こうかいえんりゃくさく》を示した。続いて長州藩は、

「この航海遠略策を朝廷にも理解してもらうように、説得する役（公武周旋《こうぶしゅうせん》）を担いたい」

と幕府に対して申し出た。

人心は日毎に幕府から離れ、朝廷へと靡《なび》いている。それを憂慮していた幕府は、申し出をした長州藩に周旋役を許した。攘夷か開国かで揺れ動いている政局混乱の調停役を長州藩に期待すると共に、条約を結んだ幕府の権威を少しでも取り戻そうとしたのである。

それより少し前から、薩摩藩も幕政進出へ積極的な姿勢を示していた。その当時、薩摩藩を実質的に指導していたのは島津久光（死亡した前藩主・島津斉彬《なりあきら》の異母弟）であった。島津久光は藩主島津茂久の父ではあるが、行政上では公式な地位がなかった。それゆえ、久光が江戸へ出向いて幕府と向き合う場を持とうとしても、幕府側からは拒否されると予想された。そこで久光は、堂々と江戸へ入り、実質的に幕府と交渉できるようにする策を巡らせた。

その第一段階として、まずは久光が京へ出向き、親交がある近衛家の口添えを得て朝廷へ近づく。その上で、幕府の政策、中でも人事の進め方の不都合な諸点を朝廷に対して説明し、朝廷から幾つかの内容で同意を得る。

第二段階では、朝廷から同意を得た内容を、朝廷から幕府に対する意見書という形に纏めてもらう。その意見書を幕府へ下す勅使を朝廷から江戸へ下向させる際に、勅使を護衛する役を担う形で島津久光が江戸へ向かう――そのような手順を踏む策を仕組んだ。

桜田門外の変（安政七年＝1860年）が起きて以来、幕府の権威は日毎に落ち、それとは反対に朝廷の威信は日毎に高まってゆく。その朝廷の威信を借りてでも、幕府は己の権威を取り戻そうとしていた。そのあがきの中から、朝廷と幕府を一体化させる「公武合体論」が浮上した。

それを目指す幕府側の具体策として、孝明天皇の異母妹和宮《かずのみや》を、江戸幕府第十四代将軍徳川家茂《いえもち》に降嫁させてほしいと朝廷へ請願した。朝廷と幕府の間にある最大の対立要因だった攘夷を、幕府は十年以内には実行すると約束したので婚約が認められた。二年にも満たなかった万延年間が三月十八日に改元され、それから半年後の文久元年（１８６１年）秋に和宮降嫁が実現した。

――・――・――・――・――・――・――・――

その和宮降嫁の行列の様子を知らせる文が飛脚で届いた。九州薩摩から絹織物の補給をしようと、祢津の山里へ帰ってきていた武捨《むしゃ》善之助からである。

『中山道では、和宮様がお乗りになった輿の前後は十二もの藩から繰り出された警護の方々が固めていました。さらに、道筋にあった藩からは、街道沿いに警護の人達を多数出していましたので、大変物々しい行列でした。

私（善之助）は親しくなった薩摩の絹織物商のお世話で大きな船に乗せてもらい、馬関海峡から瀬戸内海へ入り、大坂に着きました。そこから京までは伏見街道を辿り、京からは中山道を経て祢津の山里へ帰ってきました。

九州各地では絹織物の需要は高いのに、清国（中国）からは入荷がありません。ですから私が持ち込んだ祢津の山里産の絹織物に多くの方々が好意的な関心を寄せて下さいます。

薩摩では、前の藩主であった島津斉彬公が藩政改革をなさったのだそうです。家柄は低くとも、優れた判断力と行動力を持った若い方々を、次々と藩の重要な地位に登用したのだそうです。私が薩摩に入りましたのは、その効果が誰の目にも見えるようになった時期だったようです。藩内はどこを歩きましても活気に満ちております。

斉彬公は欧米列強の技術が優れているのに注目し、それを積極的に取り入れようとされたのだそうです。兵器の刷新を図り、沿岸の要所には大砲が備えられていると聞きました。お武家様方の生活は質素ながら、武術に励んでおられるお姿をしばしば見かけます。』

―――・―――・―――・―――・―――・―――・―――・―――

京の都には、幕府の政治に不満を持つ浪人達が数多く集まってきていた。その数が大きくなると、京の治安維持に当たっていた京都所司代の力だけでは手不足になっていった。京の治安悪化を憂慮した朝廷は、以前から近衛家を通じて朝廷への接近を図っていた薩摩藩に、宮廷および京の警備役を命じた。藩政の実質的な最高指導者である島津久光が、文久二年（1862年）三月、京の治安維持にあたるという名目で、多数（千名以上）の兵を率いて上洛《じょうらく》した。

ところが薩摩藩士の中にも、尊王攘夷（天皇を中心にした政治を行い、外国勢力を追い払え）に同調しようとする急進派がいた。そうした急進派の者が、在京の尊王攘夷派が山城国紀伊郡伏見（現在の京都市伏見区）にある寺田屋に集まる会合に参加した。それを知った島津久光は、文久二年（1862年）四月二十三日に会合が開かれていた寺田屋を襲撃させた。その襲撃で、会合に参加していた薩摩藩士を含めた尊王攘夷派の志士多数を殺害した（寺田屋事件あるいは寺田屋騒動）。

京の治安維持のためにならぬ自藩の藩士すら切り捨てた——その行動に、朝廷は薩摩藩に大きな信頼を寄せるようになった。

—・—・—・—・—・—・—・—・—

旗本松野家から派遣されて、京の都で行商をしていた武捨春重から報告があった。
『京の都には、日毎に尊王攘夷を叫ぶ浪人達が集まってきています。そうした浪人達の武力に負けないようにと、幕府は京都所司代の上に新たに京都守護職を置き、会津藩藩主の松平容保《まつだいらかたもり》様をその職に据えました。加えて、江戸近郊から多くの隊士を集めた新選組と呼ばれる武力集団を派遣してきました。ですから京の市街は日毎に不穏な空気が濃くなってきております。』

――・――・――・――・――・――・――・――・――

薩摩藩藩主の島津家は、前の藩主であった斉彬公の時代から、朝廷と幕府の政治機構を合体させるのが好ましいと考えていた。合体が実現すれば、名目的な統治者である天皇・朝廷と、実質的な支配者である将軍・幕府という政治的二重構造がもたらす混乱を防げる、と考えていたからである。それと共に、先進的な思想を持つ有力な外様大名達を幕政に参加させる政治機構にしたい、と朝廷に提案していた。

そうした薩摩藩の年来の意図を実現させようとしていた島津久光は、先ずは京都の治安維持に努めて朝廷の信頼を得た。だが、それはまだ計画のひとつの階段を上ったにすぎなかった。

文久元年（1861年）十二月七日に、薩摩藩は自らの手で江戸屋敷に火を掛けて全焼させた。参勤交代で薩摩藩が江戸へ行ったところで、藩主と藩士達の滞在場所がない状態にしたのである。その上で、焼失した薩摩藩邸を再建する費用として幕府から二万両を借用した。

その再建費用借用の御礼を幕府へ申し上げ、併せて藩邸再建工事の監督をするという名目で、島津久光が江戸へ出府し滞在できる条件を整えた。

そこまでして島津久光が江戸へ向かった本当の狙いは、幕府人事に対する介入であった。朝廷から幕府へ下された意見書に書かれていた内容の多くは、幕府が行った不都合な人事に対する指摘で占められていた。島津久光は勅使の大原重徳《おおはらしげとみ》と共に江戸へ到着すると、大原重徳に度重ねて江戸城へ向かわせて発言させ、すぐにも人事を改善するように求めた。その結果として、先ずは一橋徳川慶喜を将軍後見職に就任させるのに成功した。続いて幕府の政事総裁職（幕閣の最高責任者）に、福井藩の前藩主松平春嶽《しゅんがく》を就任させた。後には、その春嶽の働きで年毎の参勤交代制が緩和された（文久の幕政改革）。

―――・―――・―――・―――・―――・―――・―――・―――

八　生麦事件と徳川家茂の上洛

島津久光が江戸から薩摩へ帰る旅が、東海道の生麦《なまむぎ》（武蔵国橘樹郡生麦村：神奈川県横浜市鶴見区生麦）にまで来た文久二年（１８６２年）八月二十一日に、思いがけない事件が起きた。

横浜の領事館に駐在していたイギリス人男女四人が、薩摩藩の行列の前方から騎馬で進んできた。だがそこは互いに左右へ避けられないほど道が狭くなっていたので、騎馬のイギリス人たちが島津久光の行列に正面から分け入る形になってしまった。それを防ごうとした薩摩藩士達がイギリス人一人を殺害し、二人に重傷を負わせる事件となった（生麦事件）。この事件で死傷者を出したイギリス側は幕府へ賠償金を要求し、幕府は当時としては大金の十二万ポンドを支払った。

文久二年五月に、江戸の旗本松野家に宛てた武捨《むしゃ》善之助からの文が飛脚で届いた。松野家の用人西橋小四郎は、「薩摩で何か動きがあったのだろうか」と思いながら読み始めた。

『この三月に、薩摩から島津久光様が大勢の供を従えて京へ向けて発たれました。供をした方々は武装しておりましたので、それを見たときには、薩摩の近くで戦いがあるのだろうか、と思ったほどでした。ところが暫くすると、宮廷警備と京の治安維持を目指して出発されたのだと分かり、安堵いたしました。とはいえ薩摩藩内では、何時、何があっても対応できるようにと、人々の間には戦いを前にしたような緊張感が広がっております。

　私には久光様が京でどのような御働きをなさるご予定なのかは分かりません。ですが、薩摩では生活全般に対する緊張感が広がっております。

　祢津《ねづ》の山里から持って参りました絹織物の売れ行きは日を追って悪くなりました。手元に残っていたのはわずかでしたから、それを売りながら祢津の山里へ帰って参りました。

しばらく休息し、世の中が旅をしても安全だと判断できるようになりましたら、再び薩摩へ参る予定です。』

江戸にいたのでは分からない薩摩の状況を伝える便りだったので、西橋小四郎の顔には緊張感が漂った。

それから半月後に、善之助からの文が飛脚で届いた。西橋小四郎は「前便で書き残しがあったのだろうか。いや、もう薩摩へ旅立ったのだろうか」と思いつつ読み始めた。

『山里へ帰って参りましてから十日後に、父が山の急な斜面を登っている途中で足を滑らせ、膝を近くにあった木の切り株に強く打ち付けてしまいました。一人では歩行が困難なほどの状態なので、それ以来、私が付き添って生活を支えております。この状態の父を母だけに任せて私が旅に出てしまいますと、母が生活の全てを担うことになります。それでは数日も経たないうちに、母が過労で倒れてしまいそうです。

大変身勝手な申し出ではございますが、父の足が回復するまで、私の出発を遅らせるのをお許し下さい。父母の生活が元に戻るには三か月程度は掛かるようでございます。何卒お許し下さいますよう、伏してお願い申し上げます。』

それを読んだ西橋小四郎は大きく息を吸い、眉間に深い皺をよせた。そのまま……、暫くは体を動かさないで、頭の中で少しずつ、松野家が現在置かれている状況と、善之助が置かれている立場とを整理していった。

――善之助は、上方と西国の動きを知りたいという松野家の願いを背負い、最初に江戸から出発した男である。彼は何事につけても積極的に行動し、この江戸に滞在していた間も旅立ちを心待ちにしていたほどである。そして時代の動きを探査する役を立派に果たしている。本人にやる気があればこそ、自ら望んで西国の果てともいえる薩摩にまで行き、江戸にいたのでは噂すら伝わってこない彼の地の実情や動きを報告してくれた。

――その善之助が、父母の生活を助けるために次の出発時期を遅らせてほしいと願っている。善之助にとっては、何物にも代え難い父母である。その父母の生活を助けたいと願うからこそ、松野家へ次の旅立ちの時期を遅らせたいと願ってきた。その気持ちは理解してやらなければならない。

――だが今、一番欲しいのは、前の藩主であった斉彬公以来、有力な外様大名達を国政へ参加させようとして、幕府へ様々な働き掛けをしている薩摩藩の動きである。ならば、善之助に代わって別人を九州薩摩にまで派遣できるだろうか。その答えは簡単だ。善之助に代われるほどの男は、残念ながらいないのだ。

——やむを得ない、今は善之助が希望するように、暫くは父母の生活を支えるのに専念させよう。彼の心が松野家から託された使命に従事できるようになったら、再び薩摩へ行ってもらおう。

——この判断を急いで善之助へ伝えてやろう。そうすれば、彼は心おきなく両親の生活を助けられるだろう。暫くして両親の生活が元通りになれば、自分から再び薩摩へ向けて旅立つであろう。

——・——・——・——・——・——・——・——

生麦事件が起きた前後の京では、長州藩が朝廷に対して行うべき「航海遠略説」の説得が行き詰まっていた。公家達の多くは、天皇が主張するように、外国との国交条約を交渉によって破棄して鎖国へ戻る、破約攘夷を支持していた。遠い将来を見据えた政略に耳を傾けようとする人はほとんどいなかったのである。

幕府の開国決定は朝廷の同意を得ていないとはいえ、その幕府の決定を否定はしていなかったのが薩摩藩である。

他方、長州藩としては薩摩藩に対抗するだけの勢力となり、朝廷を巻き込んで政局の主導権を握りたいと望んでいた。そうなるには、長州藩は朝廷内に流れる潮流に乗るほうが得策である、と考え方を変えていった。

そうした状況の中で伝わったのが生麦事件の報である。長州藩内で攘夷思想に傾いていた人々の心には、生麦事件は武力で外国勢を打ち払った攘夷と受け止められた。長州藩内には、「それを上回る行動に出よう」という気運が盛り上がった。

文久元年（1861年）に天皇家から和宮が江戸城に入り、翌年（1862年）二月に江戸幕府第十四代将軍徳川家茂に降嫁した。その降嫁を許した孝明天皇へ御礼を言上するのが本来の目的で、文久三年（1863年）三月に、徳川家茂は三千人の行列を作って上洛し、参内した。併せて朝廷が望んでいる穏やかな形で攘夷へと移行するには、幕府はどのような手を打とうとしているか――それを説明しようとしていた。

その徳川家茂が上洛した際に、朝廷から政治実務全般を徳川家へ委任するという意味の大政委任が初めて正式に行われ、この統治様式が国の公式な制度となった。ただし国事に関しては、朝廷からは幕府に対してだけではなく、各藩へも命令できると取り決められた。この各藩へ命令できる取り決めは、各藩側からみれば朝廷と幕府の双方から指揮・命令を受けることになる。それゆえ、先に『戊午の密勅』が引き起こしたような、政治的混乱を繰り返す火種になりかねない危険性を孕んでいた。

孝明天皇が加茂神社へ攘夷を祈願する行列に、上洛していた徳川家茂が供奉《ぐぶ》した。この供奉により、孝明天皇こそが国家体制の頂点にあり、武士の棟梁である徳川家茂は天皇を守護する臣（近衛大将）であるという、上下関係が公衆の面前に示された。

ところが、その次に予定されていた石清水《いわしみず》八幡宮への参拝では、徳川家茂と将軍後見職として家茂と共に上洛していた一橋徳川慶喜が、共に病気を理由にして欠席した。この両人の参拝欠席は、攘夷派の人々には、〝応神天皇を祭神とし武家の神である石清水八幡宮をないがしろにした〟と受け止められた。加えて孝明天皇の願いだった攘夷を回避したと映り、激怒させた。一時は徳川家茂が京を出て江戸へ帰れないほどであったという。

――・――・――・――・――・――・――・――

この時の京の状況を武捨春重が伝えてきた。『京の人々は「徳川家茂は天皇の命令に背いた」と表現しています。尊王攘夷を謳って集まっていた浪人達は、今こそ徳川家を潰し、天皇家を中心にする新しい政治体制にするべきだと、声を張り上げています。』

江戸の旗本・松野家では、まだ元服も済ませていない若殿を抱えたまま、何ひとつ積極的な行動に出られないでいた。しかし春重から来た便りを読めば、京には、幕府が日本全国を実質的に統治している体制を打ち壊そうとする動きがあるという。ところが江戸では、そのような内容を口にする者はおらず、人々は何時も通りに生活している。この違いを、どのように松野家の日常生活と将来計画に反映させてゆくべきであろうか……、そうした戸惑いの中にあった。その戸惑いの先には、言い知れぬ不安があった。

孝明天皇は、この時とばかり徳川家茂に攘夷を迫った。追い詰められた家茂は、その年（文久三年＝1863年）五月までに行動を起こすと約束した。ただし、朝廷および幕府の双方とも、その行動の起こし方は「武力で外国と対峙する」とは考えておらず、「鎖国へ戻る交渉を外国とする」という意味に捉えていた。

九　長州藩による異国船砲撃と薩英戦争

長州の日本海側に面した長門国で絹織物の行商をしている武者《むしゃ》義則から、松野家に宛てた報告があった。長州藩の城がある萩では、攘夷するか開国するかを巡り議論が盛んであるという。それぞれの言い分は一度や二度聞いただけでは、どちらも理が通っているように聞こえてしまうとして、長文が綴られていた。

『幕府によって死罪に処せられた長州藩の元軍学師範だった吉田松陰さんは、萩で幽閉されている間は学問塾を開いていたのだそうです。そこでは、

「自分の身の回りにしか目が行き届かないでいると、大国といわれていたあの清国（中国）のように、いまに日本は欧米諸国のいずれかに支配されてしまう。目を八方に向け、世界全体の動きを知る努力が必要だ」

と説いていたそうです。その塾では、多くの若者達が互いに議論しながら学び合い、長

州藩全体に日本の将来を心配する気運が広がっていったようです。

そこへ開国の是非を巡り、朝廷の攘夷論と幕府の開国論が対立したという話が広がりました。その話に対して、世界に視野を広げなければならないと考えていた人達は、開国に希望を見出そうとしたようです。ところが、もともと江戸幕府に根強い反発感情を抱いていた人達は、一気に攘夷へと傾いたのだそうです。

私（義則）は、そうした長州藩内の人々の考え方を知った時、先ずは議論があることに驚きました。内心では、議論が盛んになりすぎると、いずれは長州藩の内部で互いに武力を用いるほどの混乱が起こるのではないか、と思いました。』

＊　＊　＊

江戸でこの便りを読んだ旗本松野家の用人西橋小四郎は、頭を抱える思いだった。

松野家が仕えているのは徳川将軍家である。その徳川家が頂点に立つ幕府が開国を決定したのに、京の都や長州では開国反対を叫ぶ声が大きいという。そもそも、幕府の御政道に対して異を唱えるのは許されるのだろうか。

いや待て――――、御三家のひとつである水戸藩の中ですら、孝明天皇から下された『御趣意書』を巡り、幕府から伝えられた朝廷への返却命令に従うか、従わないかで争っていたというではないか。

ここへ来て、世の中は幕府の意のままにはならない事態が幾つか出てきたようだ。そこには、京にある朝廷と江戸にある幕府の間で反《そ》りが合わない事柄が絡んでいるのだろう。幾つかの事例でそれと察知できていながら、徳川家の旗本である松野家は何の行動にも出られないでいる。

このままでよいのだろうか。不安はあっても、御家（松野家）の安泰を第一に考えれば、その不安を誰にも漏らせない立場にある。ならばどうするのかと迫られれば、答えに窮するばかりである。

―・―・―・―・―・―・―・―

生麦事件の報があってから、長州藩内では攘夷気運が一気に高まった。翌年（文久三年＝１８６３年）の五月に、馬関海峡（関門海峡）を通過しようとしたアメリカ、フランス、オランダの船舶へ向け、長州藩の砲台は予告なしに砲撃した。それから約半月後の六月には、アメリカとフランスの軍艦が馬関海峡に停泊していた長州藩の軍船に砲撃を加え、壊滅状態にした。だが長州藩はそれには屈せず、陸上から海上へ向けた砲台を新たに作った。さらに、馬関海峡の対岸にある九州小倉藩の領地内にも砲台を構築し、外国籍船舶の馬関海峡通過を許さない構えを見せた。

文久三年（1863年）七月八日に、幕府から長州藩に対して通達があった。その内容は、「孝明天皇と将軍徳川家茂との間で交わされた約束により、攘夷に関する国家としての方針が決まろうとしている。それまでは外国船へ砲撃をしないように」とあった。

生麦事件に対し、幕府は賠償金十二万ポンドを支払った。しかし、イギリス公使代理のニールは、さらに島津家との賠償交渉を求め、加えて事件犯人の逮捕と処罰を望んでいた。

文久三年（1863年）六月二十二日に、本国から呼び寄せた十一隻からなるイギリス艦隊のうちの七隻が錦江湾（鹿児島湾）に入った。しかし薩摩藩は生麦事件に関しては藩として負うべき責任はないと主張したので、イギリス艦隊は戦闘準備に入り、七月二日から戦闘になった。

イギリス艦が装備していた最新式のアームストロング砲に比べれば、薩摩藩側には射程距離が短い旧式の砲しかなかった。だが、地の利を生かして善戦した。午後三時に、弁天波戸砲台から放った砲弾が旗艦ユーライアラス号に命中し、艦長、司令、副長等の多数が死亡した。七月三日には、イギリス艦の砲撃で薩摩藩の火薬庫が炎上した。七月四日に入り、イギリス艦隊は多数の死傷者を出したのに加え、弾薬と機関燃料の石炭が不足したので錦江湾から撤退し、七月十一日に横浜へ帰着した。

薩摩側の損害は、死傷者数は多くはなかったものの、市街地の焼失面積が大きかった。さらに、前藩主島津斉彬公が技術の近代化を目指して作った集成館および貨幣鋳造所が失われた。

朝廷は薩摩藩が攘夷を実行したのを賞賛し、褒賞を下した。

イギリス議会では、すでに幕府から賠償金を得ていたにもかかわらず、イギリス艦隊から砲撃を仕掛け、民家に多大な損害を与えたことに批判があった。

アメリカの新聞は、イギリスは当時世界最強といわれていた艦隊をわざわざ日本へ派遣したにもかかわらず、その艦隊が事実上勝利を放棄して横浜へ撤退した事実を大きく取り上げた。日本は他の東洋諸国とは異なる国、と評価した。

――・――・――・――・――・――・――・――・――

十　京都から長州藩の追放

文久三年（１８６３年）から同四年（１８６４年）にかけて、京の治安は極めて悪かった。その間に自分の身にまで危険が及んだと、武捨《むしゃ》春重は以下のように報告してきた。

『京の都に住む人々は治安の悪さにおののいています。実は私も昨夕、脱藩者とおぼしき侍に脅されました。

通りを歩いていると、路地から出てきた侍が目の前で抜刀し、低い声で「金を置いてゆけ」と言いました。とっさに刀を避けつつ手裏剣を投げましたところ、それが侍の目の辺りに刺さったようでした。相手は顔を押さえて逃げ出しましたので、私は無事に宿へ帰ってきました。』

＊　＊　＊

我が身に迫った危険の報告としては短い。だが、江戸に住む旗本松野家の用人西橋小四郎は、それを読んで思わず身を硬くした。

治安の悪さを引き起こしている尊王攘夷思想が伝播して江戸の近くにまで来れば、開国を決めた幕府はそれを鎮圧しなければならない。それに必要な兵は、先ずは旗本と御家人になるだろう。そうなれば松野家にも出動の命令が下るはずである。

―――・―――・―――・―――・―――・―――・―――・―――

文久三年（1863年）の京では、武力を使ってでも尊王攘夷を成し遂げようとする長州藩と、それに同調し、長州藩だけを頼りにする公家達が朝廷内の多数派になろうとしていた。ところが孝明天皇は、幕府と一体となり、交渉によって鎖国に戻る穏やかな攘夷をしたいと考えていた。

同年八月十八日に、孝明天皇は武力を使ってでも攘夷を行うべきだと主張していた急進派公家七名と、すでに外国船に砲撃を加えていた長州藩とを京から追放させた（八月十八日の政変）。天皇から命令を受けて行動したのは、京都守護職にあった会津藩藩主松平容保の兵と、公武合体を謳って宮廷警備に当たっていた薩摩藩兵であった。

この朝廷が主導した長州藩追放を見て、京に集まっていた尊王攘夷を掲げた脱藩者達は表立った行動が出来なくなった。

ところが――、混乱した政局と京の治安の悪さ、その両方を鎮める具体的な方策が、朝廷を構成する天皇と公家達から出てこない。そうした状況では、表面的には過激な尊王攘夷の動きは消えたように見えながら、実は水面下で脈々と活動していた。

――・――・――・――・――・――・――・――


上方の京では幕府を政治の舞台から外し、天皇を中心とする政治機構を復活させようとする動きがあるようだ。それを伝える話は江戸市中にも流れてきた。旗本松野家の用人西橋小四郎は、以前に来た武捨春重の便りで京の動きを承知していた。だがその後、春重から暫く便りが届かなかったので、心が落ち着かない日々が続いていた。この際だからと、祢津《ねづ》の山里の里長気付けとして、春重宛に文を書き送った。

「京の都では、その後どのような動きがあるのでしょうか。どんな些細な内容でも構いませんから、こちらへ至急知らせて下さい。」

＊　＊　＊

武捨春重が絹織物の補充に帰ってきたようで、それから半月ほど後に、西橋小四郎が待ち望んでいた飛脚が来た。

『私は一昨日、祢津の山里へ帰って参りました。昨日、里長の許へご挨拶に伺いました折に、御用人様からの文を渡されました。ご報告が途切れましたことを先ずはお詫び申し上げます。

京の都では、文久三年（1863年）の八月中旬に、天子様の御命令で長州藩の方々が追放されました。長州藩は尊王攘夷を掲げていると聞いていましたので、どのような経緯でそのような事態に至ったのかは私には分かりません。代々京にお住まいで、平素私が言葉を交わしている方々に尋ねましても、皆さん「わかりまへんなあ」という御返事ばかりです。訳の分からない中に置かれている生活は大変不安です。私が担いで参りました絹織物が手元に無くなったところでもありましたので、祢津の山里へ補充に帰って参りました。

新しい織物の数が揃いましたら、直ぐにまた京へ出掛けます。』

―――・―――・―――・―――・―――・―――・―――・―――

文久三年（1863年）の夏が過ぎても、朝廷はその後の方針を決められないでいた。秋になり、その状態を打開しようとして、ひとつの試みに出た。時代の推移をわきまえて明確な発言をすると期待された幾つかの大名家と、将軍後見職の一橋徳川慶喜とを上洛させ、以後の統治方法へ向けた意見を求めたのである（参預会議＝参与会議）。

幕府と有力な大名達の意見集約を経て国を統治しようとする方法——、それは、前年（文久二年＝1862年）に薩摩藩主の父である島津久光が上洛して、朝廷へ提案した方法と大同小異であった。そうなれば会議の主導権は島津久光が握る。

会議の冒頭で孝明天皇は、過激な尊王攘夷派を京から追放したので、その後は政務を全面的に幕府へ委任し、従来通りの公武（朝廷と幕府）の関係に戻したいと述べた。だが、島津久光はそれに賛成しない。その理由として、公武が一体となった政治を目指すのであれば、朝廷がある京に将軍と有力諸侯を集め、彼らの合議で政策を検討・決定すべきであると主張したのである。この島津久光の意見に沿った統治体制が実現するか……、に見えた。

ところが、この会議で検討されるべき議題が混乱の種になった。孝明天皇は武力行使によって外国船を追い払う行為を希望していなかったが、長州藩はすでに外国船に対して武力を行使していた。それが理由で、孝明天皇は長州藩をどのように処罰するかを議論するように求めた。それを知り、長州藩に同情していた何人かの藩主達は帰国してしまった。

文久四年（1864年）の初頭に改めて開かれた参預会議で、孝明天皇が希望していた攘夷が議題になった。ところが、その会議に参加していた藩主達の多くは開国的な考え方をしていた。すでに締結した欧米諸国との修好通商条約を破棄した上で、貿易港を閉鎖するのは非現実的であると判断したのだ。加えて新年を祝う酒席で、一橋徳川慶喜から島津久光に対して数々の暴言が浴びせられた。それを聞いた島津久光は退席してしまった。

これをもって参預会議は崩壊し、公武が一体となって政治を行うのを目指して集まったはずの諸侯は、次々と京を離れてしまった。

―――・―――・―――・―――・―――・―――・―――・―――

文久三年（1863年）暮れの日付がある武捨春重からの報告が届いた。

『このところ、京の都には幾つもの御大名家の行列が出入りしています。ですけれども、私にはお集まりの目的が全く分かりません。大名家の行列が御所を出入りするのを見たという話が幾日も続いているからには、重要な事柄が決められているのだろうと思われます。京の街は相変わらず治安が悪く、人々の噂話の中には脅しや傷害事件が幾つもあります。

人心が騒然としているのとどのように関係するのかは分かりませんが、街中には痩せた野良犬が増えてきました。昨夜、私の宿の近くで男女が騒ぐ声と悲鳴があり、同時に何匹もの犬が威嚇する唸り声がしました。ただ事ではなさそうだったので手裏剣を幾つか持って外へ出ましたら、数匹の犬が三人の男女を囲んでいました。一番大きそうな犬を目掛けて手裏剣を投げましたところ何処かに当たったらしく、その犬は大きな悲鳴を上げて逃げ出しました。ほかの犬たちも、その後に続いて逃げ散りました。

京の治安の悪さは人心の荒廃だけではなく、犬の行動にまで及んでいるとお知らせしたくてお便り致します。』

＊　＊　＊

松野家の用人西橋小四郎は、京の御所ではどのようなことが進行しているのだろうか、と不安になった。残念ながら、それを知る手だてはない。だが、御所へ出入りする大名家が幾つもあるというからには、政治向きの大きな変化が起こるのかもしれない、と心を引き締めた。

・・・・・・・・・

文久四年（１８６４年）二月二十日に改元され、元治元年になった。

馬関海峡の事態推移を苦々しく受け止めたのがアメリカだった。アメリカは、かつて江戸湾へ艦隊を入れ、武力で威圧する形をとりながら幕府を開国へと導いた。それによって横浜が開港され、その開港によって期待通りの交易が展開しつつあった。

ところが長州藩内で高まった攘夷思想により、西日本の船舶航行の要衝である馬関海峡が封鎖されてしまった。さらに孝明天皇の意向により、日本は再び鎖国体制に戻ろうとする議題が参預会議で諮られたという。アメリカはこうした事態推移を看過できなかった。

アメリカ艦隊はイギリス、フランス、オランダの艦隊と連合し、元治元年（１８６４年）八月五日に陸戦隊を馬関へ上陸させた。連合部隊は砲台を徹底的に破壊した上で、砲を戦利品として持ち去った。

この話を伝え聞いた薩摩藩の島津久光は大きな危機感を抱き、顔をしかめた。この前年（文久二年＝1863年）に、薩摩藩はイギリスの艦隊と戦火を交えていた（薩英戦争）。近代兵器を用いる戦争は、被弾した兵員に致命的な損害を与える。それだけではなく、戦場周辺の人々の生活に甚大な被害をもたらすと身に沁みていた。しかも長州の場合は、四か国もの艦船を相手にして戦ったというではないか。薩英戦争を経験した薩摩藩としては、異国の軍隊との戦いで長州の人々の中にこれ以上の被害者が出ないように、何らかの手立てを講じなければならないと考え始めた。

長州藩の伊藤俊輔（松下村塾の俊英、後に改名して博文）は、藩の命令により文久三年（1863年）に横浜を出てイギリスへ密航留学していた。イギリスの機械工作技術が日本人の想像の域を遥かに超えるほど優れているのを知ると、急いで帰国した。元治元年（1864年）六月中旬には、藩主と藩の幹部に対し、攘夷思想を表に出した外国船との武力闘争は避けるように、と説いていた。だが、その説得は八月に起きた欧米四か国の連合艦隊による馬関攻撃を回避するには役立たなかった。

この馬関海峡の戦いで、戦術上で重要なことが分かった。

高速な銃弾が飛び交う戦いでは、八貫目（三十キロ）もある昔ながらの重い鎧兜を身に付けた武士は、機敏な動作ができなかった。その上、腰に差した二本の刀は動作を妨げるばかりであった。反対に、「自分たちが育った地域が外国に荒らされるのはいやだ」という単純な動機だけで集まってきた百姓、町民出身の若者達は軽装だった。そうした軽装であってこそ、銃砲が武器の中心になった戦場では機敏な行動ができるのだ。日常的な身軽な衣服しか身に纏えない兵達を率いていた何人かは、萩で吉田松陰が開いていた松下村塾で学び、議論を戦わせてきた若者達であった。

長州藩の兵は、この年の十月に始まった第一次長州征討に立ち向かう頃には、全員が軽装になっていた。


元治元年（1864年）六月五日、京に住む多くの人々の生活を混乱に陥れ、やがては日本の政治に大変革をもたらす事件が起きた。

幕府から京の治安維持という特命を受けていた新選組の隊士達は、攘夷派の志士達が三条木屋町の池田屋に秘かに集まっていたところを襲撃した。この襲撃により、攘夷派志士の多くが殺害され、あるいは捕縛された（池田屋事件）。その襲われた者達の中には、京に潜伏していた長州藩士も含まれていた。

京から追放されていた長州藩士達は池田屋事件を知ると、政治の主導権を取り戻す良い機会が到来したと捉えた。七月十九日に、三人の家老を中心にして武力で京へ入った。そればかりか、武力を使ってでも攘夷を果たすという意志を朝廷に認めてほしいと願い、御所へも蛤御門から侵入しようとした（蛤御門の変、あるいは禁門の変）。その蛤御門を守っていた会津藩と桑名藩の兵達は劣勢に立たされた。だが、乾《いぬい》門を守っていた薩摩藩の兵が応援に駆け付けたので、長州藩勢は追い返された。

逃げ落ちようとした長州藩勢は、京にあった長州藩邸に火をつけた。これが火元となって京の市街地は二十一日まで燃え続け、北は一条通から南は七条通にまで至る、数多くの寺社や民家を焼失した。

この蛤御門への攻撃により、長州藩は天皇・朝廷に刃向かう朝敵とみなされるようになり、朝廷からは藩主毛利敬親《たかちか》追討令が発せられた。他方、禁門の変を知った長州藩内には、御所を守っていた薩摩藩や会津藩、桑名藩に対する強い敵対心が燃え上がった。

天皇・朝廷が発した長州藩主・毛利敬親追討令を受けたのは幕府である。その幕府から命令されて動員されたのは、西日本各地の幾つかの藩の兵である。その動員された兵達がどのような配備行動に移ったか。そこまでが長州征討（第一次）の中身である。

この征討行動は、実戦がないままで幕府側の勝利となった。次節「十一　第一次長州征討と長州藩内の対立」で概要を記すように、その幕府軍勝利に至るまでの過程と事後処理こそが幕藩体制の崩壊へと繋がってゆく。

――・――・――・――・――・――・――・――

京の不穏な動きに巻き込まれていた武捨春重から、立て続けに二通の報告があった。

『ここ京の都には穏やかな日がありません。

元号が元治になりました後の六月に、江戸から来たという新選組と名乗る武力集団が事件を起こしました。新選組が京の街の中心付近にあります三条木屋町の池田屋を襲撃し、そこに秘かに集まっていた尊王攘夷派の方々と切り合いをしたのだそうです。

天子様がお住まいになられ、朝廷がある京の都は、穏やかには住めない場所になってしまいました。』


『七月十九日に、御所の付近で戦いがありました。

人々の話では、武装した長州藩の兵達が大挙して京へ入り、御所の蛤御門を挟んで、御所を守る兵達と鉄砲で撃ち合いになったのだそうです。

京の都には天子様がお住まいであり、その天子様は攘夷を望んでおられるのだそうです。長州では外国の船を追い払っているそうですから、攘夷を実際に行っているのです。それなのに、その長州の兵達がなぜ御所に侵入しようとして蛤御門へ攻撃を仕掛けたのか、私にはその理由が全く分かりません。

その上、長州兵が京の都から逃げ出す際に藩の邸に火を掛けました。その火が燃え広がり、京の人達が前《さき》の大乱（応仁の乱）以来と表現するほど、広い地域を焼失してしまいました。

私には、世の中がどうなってゆくのか全く分かりません。

なお、祢津の山里から持ってきました絹織物は火災に遭いませんでした。これが全て売り切れるまでは京に留まって事態の成り行きを見続け、ご報告するつもりです。』

＊　＊　＊

この二通の報告を読み、松野家の用人西橋小四郎は頭が混乱した。いったい、何を目指して世の中は動いているのだろうか。その行き着く先はどんな世の中なのだろうか。そして我らは、この世の中の動きにどのように対処すればよいのだろうか。お家の行く末はどうなるのだろうか。何もかも分からないので、不安が増すばかりであった。

十一　第一次長州征討と長州藩内の対立

阿片戦争で清国が敗れ（1842年）、続いて日本が欧米列強から開国を迫られていた頃、幕府は軍政改革掛りを置いて西洋式戦術や砲術の研究を始めた。途中で停滞した期間はあったものの、当時のヨーロッパでは最強といわれたフランス陸軍が指導に当たることで、文久二年（1862年）に幕府陸軍が創設された。必要な財政を賄う手段として、知行五百石以下の旗本達には金納が課された。兵員を集めるには、知行五百石以上の旗本に隊員一名を、同千石以上の旗本には隊員二名を知行地から出させた。こうして編制された西洋式陸軍ではあるが、元治元年（1864年）を迎える以前では、まだ幕府の正規軍として認識されてはいなかった。

旗本松野家は知行四百石だったので金納を求められた。横浜開港以来、絹織物の価格が高騰していたので、何とか対応できた。他方、米の価格はほぼ安定していたので、収入を知行地で収穫される米だけに頼っていた旗本達にとっては、金納は重い負担になった。

松野家は当主が未だ十一歳だったので、幕府が兵を出動させなければならない事態になっても、直ぐには当主に出動命令は来ないであろう。だが幕府の存続に危機が迫り、江戸あるいはその周辺が騒乱状態に陥れば、話は別である。全ての旗本達の暮らしには、過去に経験したことがないほどの大きな変化が起こる、と覚悟をしなければならない。

・・・・・・・・・

元治元年（1864年）六月に、天皇・朝廷から幕府に対して長州征討令が下った。幕府は西日本の諸藩の軍勢を中心とした長州征討軍を組織し、その頂点に立つ総督を尾張藩の前々藩主であった徳川慶勝《よしかつ》とした。総督が徳川慶勝になったのは、徳川御三家の中では尾張藩の知行高が最も高かったからである。その徳川慶勝には、幕府から長州征討に関す

る全権が与えられた。徳川慶勝の胸中は、

『全権というからには軍事指揮権だけを指すのではない。長州藩が降伏する際には、その条件を決定する権限、さらには長州征討軍を解散する時期の決定までが含まれている』――そのように解釈して出陣したようである。

元治元年（１８６４年）十月二十二日に長州征討軍は大坂城で軍議を持った。十一月十一日までに各藩の部隊は分担する攻め口に到着し、その七日後の十一月十八日に攻撃を開始する、と決定した。


―――・―――・―――・―――・―――・―――・―――・―――


周防国の岩国に入っていた武捨《むしゃ》義則からの文が、江戸の松野家に飛脚で届いた。差し出された日付は八月五日である。天皇・朝廷から幕府に命ぜられた長州征討が具体的な動きに移る少し前であろう。報告内容は、そこの土地柄と住む人々の生活が中心であった。

『周防の岩国は遠浅の瀬戸内海に面しており、気候は穏やかなので大変住みやすい土地と見えます。信濃国とは違い、目の前に仰ぎ見るほど高い山はありません。低いながら山々が連なる奥から流れてくる川の水は澄んでいるので、岸辺に立てば沢山の魚が水面下で泳いでいる姿が見えます。その魚はアユ（鮎）と呼ばれている綺麗な魚です。私は祢津《ねづ》の山里にいた頃には、川を泳いでいる魚は上流部に棲むイワナ（岩魚）、そして下流部に棲むハヤ（鮠＝ウグイ）、そして溜池《ためいけ》に棲む鯉しか知りませんでした。ところがここでは、アユが誰にもよく知られた魚であり、投げ網で捕らえる専門漁師がいるほどです。

私が驚きましたのは、この土地で使っている灯火の明るさです。祢津の山里では、夜は囲炉裏で燃やす火の明るさだけを頼りにして生活しておりました。江戸へ出た当初は、行《あん》燈《どん》の明るさで夜を過ごす生活に驚きました。ところがこちら周防では、江戸の行燈に比べれば一段と明るい蠟燭《ろうそく》を夜の明かりとして使っています。その蠟燭をどのようにして作るのかと調べましたら、ハゼノキという木の実から作っていると分かりました。この蠟燭は、藩が統括する組織を通して藩外へも広く売られているそうです。その売上げがあるので、藩の財政は豊かなのだそうです。

私が担いできました白無地の絹織物は、初めはなかなか売れませんでした。ところが、藩主様の御邸に出入りしている呉服屋が良い品物だと評価してくれ、江戸の価格の二倍ほどで全量を買い取ってくれました。旅がしやすい秋になりましたら祢津の山里へ帰り、新しい布を運んできたいと考えております。』

――・――・――・――・――・――・――・――・――

長州征討軍として編制された諸藩の部隊が、軍議で定められた攻め口に到着する一か月以上も前の元治元年（1864年）九月三十日に遡る。

薩摩藩士高崎五六《たかさきごろく》は、藩主の父にして藩政の最高指導者である島津久光の命を受け、周防岩国に入った。岩国に陣屋を持つ吉川経幹《きっかわつねまさ》の領地は三万石である。その岩国藩は長州藩の支藩とされていながら、参勤交代をする半独立的な立場にある。加えて吉川経幹は長州藩の藩主毛利敬親から、長州藩全体の外交を任されていた。

その吉川経幹と高崎五六とで、近々始まろうとしている長州征討戦争を回避する方法が話し合われた。高崎五六は対話の冒頭で、

「薩摩藩は長州藩のために力を尽くし、長州藩軍と征討軍との戦いが回避できるようにしたいと願っている。だが薩摩藩がそれに向けた行動を起こすには、その前に長州藩として為すべきことがある。長州藩は天皇のお住まいである御所の蛤御門へ向けて発砲した（禁

門の変)。その前代未聞の罪を認め、以下の三項目を実行する必要がある」と伝え、その具体的内容を説明した。

初めに、禁門の変では、京から追放されていた長州藩の藩士達は京へ入ったばかりか、御所へも武力で侵入しようとした。その行動を指揮していた長州藩の三人の家老達の切腹は免れない。

次に、馬関海峡を巡って欧米の艦隊と交戦した前後から、長州藩内には勢いを増してきた非正規の諸隊がある。以後は、それぞれの隊が勝手な判断をして暴走しないようにしてほしい。

最後に、禁門の変に対して長州藩主から謝罪文を提出する。

二人の対談では、それらが長州征討戦争を回避するには必須の要件になると合意された。

十月二十一日に、高崎五六は吉川経幹へ文を送った。そこには、高崎は京にある藩邸の留守居役を命ぜられたので岩国を離れる。だが高崎に代わり、間もなく同じ薩摩藩の西郷隆盛が岩国に入るであろう。そのように予告されていた。

十月二十四日、幕府側の長州征討軍総督である徳川慶勝は、薩摩藩の島津久光の使いで来た西郷隆盛と面談した。西郷隆盛は体が大きいので、そこにいるだけで威圧感がある。それだけではなく、人を引き込むような風貌であり、落ち着いて持論を相手に伝えられる器量の持ち主である。その面談の席で、西郷隆盛は交渉を重ねるだけで長州藩を降伏させる手順を説明した。それを聞いた徳川慶勝は感服し、その場で西郷に脇差を与えた上で、長州征討軍の全権を握る参謀に任命した。

十一月二日、岩国支藩藩主吉川経幹は長州征討軍総督へ向け、開戦を思い止まってほしいという願いを綴った文を送った。そこには、先の禁門の変（蛤御門の変）に際し、長州藩兵を指揮した三人の家老を切腹させると書いてあった。加えて、禁門の変以前に京を追放され、長州へ逃げ込んでいた公家達を追放する、ともあった。

その二日後の十一月四日に、西郷隆盛は岩国へ入って吉川経幹と会談した。その会談の席で、開戦を回避するには高崎五六が示した降伏条件を即時実行するように、と求めた。

吉川経幹は長州藩藩主である毛利敬親に、開戦を回避する処置を直ちに講ずるように進言した。そして長州征討軍が攻撃配置につく予定日である十一月十一日までに、三家老は切腹した。

十一月十六日、長州征討軍総督の許で、切腹した三家老の首実検が行われた。その際に征討軍の一部から、これだけでは二日後に迫った開戦を止めるには不十分であるとする意見が出た。だが西郷のとりなしで、十一月十八日の開戦はひとまず延期された。

十二月二日、長州藩の藩主毛利敬親および養嗣子定広から謝罪文が提出された。そして長州藩へ身を寄せていた七名の公家達は、長州藩内の非正規諸隊が動きを止め次第、九州筑前へ亡命するという予告が出た。

ここまでで、長州征討軍としては開戦する理由が無くなった。

幕府軍の総督徳川慶勝は、与えられた役目はすべて果たしたと考えた。

だがこの開戦回避には、長州征討を命じた朝廷が期待していたような、謝罪を表現する形式（後述の「十二　公武一体化のつまずき」参照）にはなっていなかった。意図を発信する側と、それを受け止める側との間で、伝達内容が抽象的な単語で表現された文書の交換だけに頼ろうとすると、互いの思い込みが原因となって思いがけない結果に陥ることがある。そうした結果が第二次長州征討へと繋がり、その第二次長州征討作戦が引き金になって、徳川家を中心にした江戸幕府が急速に倒壊してゆくことになる。

――・――・――・――・――・――・――・――・――

江戸の旗本松野家へ、長州の周防岩国に派遣していた武捨義則から報告があった。そこには政治にかかわる動きは書かれておらず、平穏な生活だけが書かれていた。

『私（義則）は岩国に滞在しておりますが、海にそそぐ錦川には見事な橋（錦帯橋）が架かり、大変美しい景色になっております。

巷《ちまた》には、近いうちに幕府軍が攻めてくるという話が流れています。ですが、私には何故そのような話が出てくるのかが分かりません。

ここよりも西にある長門の馬関海峡辺りでは、外国船と長州軍との間で戦闘があったそうです。しかし、ここ岩国は馬関海峡からは遠いので、その実態を自分の目で確かめられないでおります。』

＊　＊　＊

旗本松野家の用人西橋小四郎は義則から来た報告書の日付を見た。元治元年（1864年）十月十日になっていた。

ところが翌日、長門国の萩と馬関の間を往復して動きを探っていた武捨三次郎から、物々しい動きを伝える報告が来た。差出日は八月十五日であった。

『長州藩が馬関に築いていた砲台へ外国船が砲弾を撃ち込み、砲台は全滅したという話が伝わっています。なぜそのような戦いになったのかは私には分かりません。

その戦いでは、鎧兜で身を包んだお武家様達は戦力にならず、農民や町人が銃を持っただけの兵卒達の活躍ばかりが目立ったそうです。それ以来、そうした兵が通りをのし歩き、大きな声で話しているのが目立ちます。』

――・――・――・――・――・――・――・――・――

この年（元治元年＝1864年）の九月、すなわち朝廷からの命令によって出動した幕府側の長州征討軍が、長州を包囲する行動に移ろうとしていた頃である。長州藩内では、藩政のあり方を巡り、幕府に恭順しようとする派（恭順派）と、改革を正面に出す派（正義派）との間で主導権争いをしていた。ところが、藩内の論争を鎮めようとしていた中立派（鎮静会）に属する三人を、恭順派が暗殺した行動が表に出た。すると恭順派への排斥運動が高まり、最終的には正義派が勝利した。

十二月に入り、長州藩藩主毛利敬親は主だった家臣たちを萩の居城へ集め、藩内の動き、特に武力を持った非正規の諸隊の取り扱いについて意見を求めた。その場で、藩が持っている正規の兵を使って非正規諸隊を制圧するのは不可能であると結論された。それ以後は、非正規諸隊を長州藩の対外兵力と考えてゆく方向が示された。

十二月二十七日、幕府の長州征討軍は、長州藩主とその養嗣子の処分を決めないまま解兵令を発し、その年の長州征討作戦（第一次）は終了した。

——・——・——・——・——・——・——・——

十二　公武一体化のつまずき

元治元年（１８６４年）の長州征討作戦（第一次）は終了した。だが、当時の政治体制の中に潜んでいた大きな問題点が明らかになった。

公武（朝廷と幕府）が合体するのを目指し、文久元年（１８６１年）には皇女和宮が第十四代将軍徳川家茂に降嫁し、その翌年には御礼言上に家茂が上洛して参内した。その際に、天皇こそが日本国の統治者であり、幕府は天皇から統治に関する実務を委任された（大政委任）立場にあると、正式に規定された。この、天皇が幕府に大政を委任するという制度が内包していた問題点が、国家体制を大きく揺るがす事態へと展開する発火点になってしまった。

天皇・朝廷と将軍・幕府は、互いに地理的距離が離れた場所で起居し、それぞれの伝統と習慣に則《のっと》った生活をしている。それゆえ、両者の生活のありようから生まれてくる価値観や正当性、そして文化にも、幾つかの違いがあるのは当然である。そうした異なる背景を持った両者の間で、抽象化された単語が並ぶ文書のやり取りだけで意思伝達を行えば、意図あるいは思惑の思い掛けない取り違いが起こっても不思議ではない。朝廷側と幕府側との間で生じた、自分たちの生活様式と習慣を中心にした理解と思い込みの違い――それこそが、国の体制を根本から変える事態へと爆発的に燃え広げてしまったのである。

孝明天皇・朝廷の考え方と期待、そしてそれらを受け止めて具体化するべき側の将軍・幕府の立場を整理してみる。

天皇・朝廷は、長州征討作戦（第一次）が終了すれば、降伏した長州藩の藩主とその養嗣子、そして先に京都から追放されていた公家達は、先ずは軍を発進させた将軍の許へ拘引されると考えていた。次いで彼等は将軍に引き立てられて京へ上り、天皇へ謝罪する、と期待していた。そのような手順を期待させたのは、そのときから千年以上も遡る天皇・朝廷の歴史の中に前例があったからである。

東北地方には、古くから蝦夷《えみし》と呼ばれる人々が住んでおり、彼等を率いていた阿弖流為《あてるい》は天皇・朝廷の支配下に入るのを拒んでいた。ところが延暦二十一年（802年）、蝦夷は桓武《かんむ》天皇から征討の命令を受けた坂上田村麻呂《さかのうえのたむらまろ》の軍に攻められて敗れた。捕らえられた阿弖流為は坂上田村麻呂によって平安京へ拘引され、桓武天皇の前に据えられた後に処刑された。

孝明天皇・朝廷側は、事態収拾の運びは阿弖流為の例を踏襲すると期待していたのだ。ところが将軍・幕府側は、期待されていた手順を全く意識していなかったのである。その両者の間にあった事の運びと決着の付け方へ向けた思惑の違いが、第二次長州征討の導火線になってしまった。

それを冷静に見ていたのが、幕府の将軍後見職にあった一橋徳川慶喜《よしのぶ》であった。一橋徳川慶喜は、天皇・朝廷と将軍・幕府とが一体となって統治する『公武一体』を実現するには、両者がひとつの場所に存在する必要があると見ていた。それをすぐに実現させるには、将軍徳川家茂を京に呼び寄せて、長期滞在させておく必要がある、と考えていた。

そうこうしている間に、長州藩に同情的であった広島藩、宇和島藩、大洲藩、龍野藩は、長州藩の藩主父子を江戸へ拘引するように幕府から命令されていた役目を断った。幕府からの命令を藩が断った――、この一事をもって、幕府の統治力の衰えが明るみに出た。

――・――・――・――・――・――・――・――・――

十三　幕府側の混乱と長州の一本化

元治二年（１８６５年）二月二十日に改元され、慶応元年となった。

慶応元年（１８６５年）三月十八日、幕府から各藩に対して第二次長州征討へ向けた発進令が出た。そこには、

「朝廷は、長州藩藩主毛利敬親とその養嗣子定広に悔悟の念が見られない、と仰せである。四月一日にも毛利親子の拘引がない場合には、将軍が五月十六日に長州征討へ向けて江戸から西上する。ついては、いずれの藩も協力して長州征討に当たるように」

とあった。

同じ頃、長州では、領内にあった非正規諸隊を藩の軍にすると正式に発表した。

江戸にいた旗本にも出兵の命令が下った。とはいえ戦いになる地は遠いので、実際にその地にまで動員されたのは、フランス陸軍の指導を受けた西洋式陸軍であった。

現実に江戸から兵が動くとなれば、江戸庶民の間には、幕府に逆らう敵があり、それを討伐する目的で幕府が兵を動かそうとしているという話が広がる。だが、そのようになった経緯が江戸庶民には分からない。それだけに、『何が起きるのだ』という不安……というより興味本位の好奇心ばかりが広がった。


旗本松野家では、嫡男である芳保（若殿）が十四歳になっていた。この年頃の少年は、まだ子供の形質を濃厚に持った者と、心身共に大人の領域に近づいて、一人前の大人の行動をとろうとする者とが混在している。松野家の若殿・芳保には兄弟がなく、何年も前に父が他界していたので、身内は母のすみ一人である。加えて、家を実質的に取り仕切っているのは、御家安泰を第一に考える家老と用人である。それゆえ芳保には、一家の将来を自分の責任として捉える気概が育っていなかった。

若殿は理解力には優れているようだが、体格はいかにも子供じみている。まだ声変わりが始まったばかりであり、気持ちの持ち方には誰かに頼ろうとする依頼心が目立っていた。

　家老と用人が奥方へ何かを報告する際には若殿も同席している。ところが若殿から出る問い掛けからは、自分が現に生活している世の中の仕組みや動きを仔細に理解しようとする積極的な意欲は感じられない。あたかも世の動きを外から眺め、その移り変わりを観客として楽しんでいる――――、その程度の発言内容であった。これでは、御家の先行きを案じて何かを決定する際に、若殿の意見を尊重するのは難しい。いきおい、世間を見る目を持っている家老と用人の意見によって松野家の方針が決まってしまう。

　幕府の西洋式陸軍が長州へ向けて出陣すると伝えられても、松野家は平素と変わらない生活をしていた。

　江戸庶民全体にも、身に迫る危機感はまだなかった。

「長州、長州って言ったって、加賀の百万石に比べりゃあ小《ちい》せえんだろう。ところが将軍様は八百万石っていうじゃねえか。長州はアッという間に潰されておしめえよ」

――・――・――・――・――・――・――・――・――

慶応元年（1865年）四月十二日には、第二次長州征討軍総督に尾張藩の前藩主徳川茂徳《もちなが》が、そして副総督には紀州藩藩主徳川茂承《もちつぐ》が任命された。

長州藩では、四月十六日に藩領全体でみると地理的にほぼ中心位置にある山口にあった藩庁に、藩主毛利敬親と支藩の藩主等が集まって対策会議を開いた。その会議で、幕府軍が攻めてくれば周防と長門が一体となって対抗すると決めた。加えて長州藩は、〝いざ〟という時に備えて武装は解かない、だが長州藩側からは攻撃を仕掛けない（武装恭順）、そういう方針で藩の対応を統一した。

閏五月一日、長門の馬関（下関）に滞在していた土佐藩脱藩者の坂本龍馬《さかもとりょうま》は、知人を通じて長州藩の文武の英才・桂小五郎（後に改名して木戸孝允《きどこういん》）に面会を求めた。桂小五郎は藩主の許しを得て馬関へ行き、坂本龍馬に会った。

その面談で坂本龍馬から、薩摩藩は長州藩へ接近を望んでいると知らされた。外国艦船と睨み合い、幕府とは敵対関係にある長州藩とすれば、「禁門の変」で対峙して以来こじれていた九州の雄・薩摩藩との関係が、和睦を通り越して盟友になれるとは、願ってもない朗報であった。

その閏五月には、長州藩内で桂小五郎、井上馨、大村益次郎（改名前は村田蔵六）らが、幕府軍へ対抗しようとして西洋式軍隊を組織した。

閏五月十六日に将軍徳川家茂《いえもち》は江戸を出発し、二十二日に参内、二十五日には長州征討の本営となった大坂城へ入った。

六月二十三日、幕府は長州藩で外務を担当している吉川経幹を呼び出そうとした。だが病気を理由にして猶予願が出され、この状態は七月下旬になるまで続く。

七月二十一日には、長州藩の井上馨と伊藤博文が長崎に入り、幕府軍が攻め込んできたら抵抗するのに必要な、新式の小銃一万丁を買おうとしていた。だが、その商談は成立には至らなかった。

長州藩が銃を求めていると知った坂本龍馬は、ひとまず薩摩藩の名義でイギリス商社から銃を購入し、それを長州藩へ提供できるようにしたらどうだろうか、と薩摩藩へ働きかけた。その当時の薩摩藩は米不足に晒されていたので、銃の代価として長州から米を運び込むことで話が纏まった。

七月二十六日、長州藩は藩主父子と支藩藩主らが会議を持った。その会議で、六月二十三日に幕府から吉川経幹に対して大坂へ呼び出しがあった件に対しては、「応じない」と決定した。

幕府は、吉川経幹が病気なら、その代わりとなる人物、それと長州藩藩主の代理になれる要人が、九月二十七日までに大坂へ来るように命令した。だがそれも、病気を理由に長州側からは拒否された。

その間に、長州藩の井上馨と伊藤博文は長崎でイギリス商社と交渉し、短筒と銃を合わせて七千丁余りを、薩摩藩を介在させて購入するのに成功した。その購入と長州藩への搬入には、薩摩藩士・上杉宗次郎の働きが大きかった。長州藩藩主父子は上杉宗次郎を招き、感謝を表す品々を与えると共に、薩摩藩藩主島津茂久（後に改名して忠義）及びその父・島津久光に宛てた感謝の書状を託した。

暑い最中に大坂で長期間の待機を強いられていた幕府方の兵は、日毎に士気が落ちていった。幕府および参集していた各藩は、この待機状態は長期化するとの見通しが強くなったので、兵糧米の買い付けに走った。

ところが、大坂向けの米を発送地から大坂へと運び込むには、大型の船を使い、主として瀬戸内海を経て大坂湾へ入らなければならない。そうした船舶の多くは、馬関海峡を通過して瀬戸内海へ入る。その馬関海峡を長州が押さえていたのだから、大坂へ向けた米の輸送は頓挫してしまった。

大坂の米価格は高騰を続け、市民生活は急速に圧迫されていった。大坂では米価格に引きずられて諸物価が高騰し、その波紋はたちまち全国へと広がった。この諸物価高騰は幕府と各藩の財政をも悪化させ、各地で一揆が起き始めた。

――・――・――・――・――・――・――・――

旗本松野家で用人を務める西橋小四郎は、米屋から届けられた支払請求書を見て目を剝いた。なんと……、先月からの一か月の間に価格が三倍にもなっていた。すぐに米屋を呼んで質したところ、江戸市中の米価は日毎に上がっているという。米屋は、大坂城を中心にした地域に多数の兵達が長期間滞在しているから、大坂の米価格が高騰した。その大坂は、「天下の台所」と言われるほど日本中の物資流通の中心地になっている。それだけに、大坂で米をはじめとする諸物価が高騰すれば、そのまま直ちに日本中に波及する。その結果として、江戸では今の米価格になってしまう——そういう話だった。

西橋は困惑した。米価高騰の大元を辿ると、幕府の命令で出陣した多数の兵が大坂に長期間待機しているところにあるという。旗本松野家の用人である西橋は、米屋の前で兵の動かし方を愚痴の種にはできない。彼にできるのは上司である御家老様へ報告するだけである。だが内心では、これは容易ならぬ方向へ生活全体が変化するかもしれない、と怖れた。

米価が高騰してから、松野家では奥方すみの発案で、夕食に麺類を食べるようになった。捏ね鉢に小麦粉とほぼ同量のそば粉を入れて混ぜる。少しずつ水を加えて硬めの練り玉を作り、布巾を掛けて暫く寝かせる。その後で、小麦粉を薄く敷いた延《の》し台の上で手延べ棒を使って薄く平らに伸ばしてゆく。ほぼ円形に伸ばしたら幾つかに切り、幅が四寸ほどになるように折りたたむ。それを大きな包丁で細く切り揃え、手の平に丁度収まるほどの麺球になるように分けてゆく。

大釜に湯をたっぷりと沸騰させておき、長めの取手を付けた小さな竹の笊に麺球をひとつずつ入れる。それを大鍋の中で沸騰している湯に浸し、取手を揺すりながら茹でる。麺が茹だったら熱湯を切ってどんぶりへ移し、そこへやや濃いめに味付けした魚の煮物と茹でた野菜を乗せ、上から薄味のだし汁を掛けて食べる。

米の消費量を減らそうとして食べ始めた麺食であった。だがこの麺食が若殿から下働きの男女達までの好みに合ったので、いつの間にか、松野家では「お煮掛《にか》け」と呼ぶようになった。

———・———・———・———・———・———・———・———

幕府は、このままでは長州遠征軍の統率が難しくなると危惧し始めた。さらには将軍徳川家茂《いえもち》の大坂城滞在すら、何時まで続くのか見通せなくなった。

将軍後見職にあった一橋徳川慶喜《よしのぶ》は、この危機を打開する手段として、改めて天皇から長州藩征討の勅許を下してもらおうと朝廷へ働きかけた。慶応元年（1865年）九月十六日に将軍家茂が大坂城から京へ入り、二十一日には朝議が開かれるように段取りをつけた。

ところがその当日になり、朝廷の左大臣近衛忠房が朝議に出席しない不手際が生じた。左大臣欠席の原因を探ってみると、薩摩藩が動いて近衛忠房に出席を止まらせた、と分かった。幕府が要請して開かれようとしている朝廷の会議に重要人物が欠席し、国事を決められなかった――そうした事態が、たったひとつの外様大名家の働き掛けで起きた事実を前にして、一橋徳川慶喜は深刻な打撃を受けた。

折悪しく、欧米の艦船が兵庫（神戸）沖に集結した。それへの対応に迫られた将軍徳川家茂は、九月二十三日に京から大坂城へ帰った。欧米の艦船が兵庫沖に集まったのは、延び延びになっていた兵庫の開港を早急に実現させるように求めるのが目的だった。この要求に対し、大坂城へ来ていた幕府の老中達は、幕府の責任で神戸を開港する、と決めてしまった。神戸の地理的位置は、攘夷を強く望んでいる孝明天皇の御座所がある京からは、遠くもないところである。その兵庫を幕府の一存で開港するというのである。

急いで京から大坂へ来た一橋徳川慶喜に対して老中は、「幕府の責任で兵庫を開港する」と主張し、「この決定を朝廷が認めないのなら、将軍は辞職するであろう」とまで発言した。

この段階で、『公武一体』が実現するようにと努力してきた一橋徳川慶喜の行動とは、相容れない考え方が幕府上層部の中にすらある、と露見した。

九月十七日に、周防岩国領のすぐ東に位置している広島藩から提案があった。それにより、十一月二十日と三十日の二回にわたり、広島の国泰寺で幕府側と長州藩側の会談の場が設けられた。ところが十一月に入ると、幕府は大坂に集まっていた三十一の藩の兵に対し、長州征討を具体化しようとして、兵の移動を命じた。その上、攻め口の場所割までしていた。長州藩はそれを知ったので、当然ながら、広島における会談では何の成果も得られなかった。
慶応二年（1866年）に入り、朝廷から幕府に対し、改めて長州を征討するようにという勅許が下された。それを伝える幕府の使者が広島に入り、長州側の外務担当者吉川経幹を呼び出そうとした。だが、病気を理由にして出てこなかった。そればかりではなく、岩国支藩からは、今後は長州藩の全ての支藩は毛利宗家と行動を共にする（防長挙藩一致）、という意志が伝えられた。

――・――・――・――・――・――・――・――

十四　薩長同盟

―・―・―・―・―・―・―・―

それと同じ頃の薩摩藩では、参預会議によって幕政を改革しようとする路線が失敗したので、次の道を模索していた。

そして行き着いたのは、大久保利通、西郷隆盛等が主張した「倒幕」を目指す強硬路線だった。

四国の土佐藩は、その頃までは公武一体化を実現させようとする一橋徳川慶喜《よしのぶ》の政策を支持しており、幕政の大きな後ろ盾となっていた。ところが公武一体化が前進しないのを見て、幕政そのものに疑問を持ち始めた。

その土佐藩を脱藩して独自の活躍をしていた坂本龍馬等が斡旋し、慶応二年（１８６６年）一月二十一日、薩摩藩と長州藩は倒幕を目的にした同盟（薩長同盟）を結んだ。

その同盟には、薩摩と長州の両藩は、一橋徳川家と京都守護職を務めている会津藩および桑名藩を相手に戦い、皇国の皇威が輝くようにする、とあった。一橋徳川慶喜は参預会議の新年会で薩摩藩の島津久光に暴言を浴びせた。会津藩は、藩主松平容保《かたもり》が京都守護職であったので、文久三年（1863年）八月十八日に孝明天皇の命令を受けて長州藩を京から追放していた。桑名藩の藩主松平定敬《さだあき》は実兄である松平容保と行動を共にしてきた。それらの立場や行動が、薩摩と長州の両藩から見て許しがたい相手とされた理由であった。

慶応二年（1866年）四月十四日、薩摩藩の大久保利通は、第二次長州征討には薩摩藩は出兵しないとする書面を幕府へ渡した。この出兵拒否の書面は、幕府を中心とする幕藩体制から薩摩藩は離脱する、という通告書に等しかった。

六月に入ると幕府側は広島と九州の小倉に司令部を置き、臨戦態勢に入った。

———・———・———・———・———・———・———・———

旗本松野家の若殿である芳保は慶応二年（1866年）早春に十五歳で元服し、その時から宏之介《こうのすけ》俊直《としなお》と名乗るようになった。それまでは家老や用人からは「若殿」と呼ばれていたが、元服してからは邸内では誰からも「殿」と呼ばれるようになった。

そのころから大人用の竹刀や木刀を使えるほどの体力が付いてきたので、剣術の道場へ通い始めた。

道場へ通うようになれば周囲には様々な年齢の男性が何人もおり、自宅では耳にできない世間の話が次々と聞こえてくる。幕府の西洋式陸軍が長州征討へ向けて出発したという話があってからは、宏之介俊直の心には「自分は徳川家の旗本である」という意識が強くなっていた。それと共に、〝いざ〟というときには身を挺してでも徳川家を御守りする、という旗本としての自覚が育ちつつあった。


道場へ通い始めると、周囲には他人の目があるから、日頃の身だしなみに注意を払うようになる。宏之介俊直は、父・伴之助重忠が生前に使っていたという、手の平に入るほど小さな砥石を使い、自分で髭剃りを研いで使うようになった。研いだばかりの髭剃りを使うと、切れ味が良くなるのを実感する。そうなると、髭剃り以外の身近にある刃物も研いでみたくなる。炊事場で使う小さな刃物を研いで母のすみに褒められてからは、もっと大きな包丁類を研ぎたくなった。ところが髭剃りを研ぐのに用いる小さな砥石では、台所で使う包丁は研げない。大きな砥石が欲しくなったものの、当初は何処へ行けば入手できるのかが分からなかった。

ある日、道場へ通っていた道筋を変えてみた。それまでに毎日見ていた屋並みとは異なり、様々な品を商う店が幾軒も連なっている。それらの店の軒先を見るのが面白かった。そうした中に日常使いの刃物を商い、客の求めに応じて持ち込まれた刃物を研いでいる店を見つけた。それからは、稽古の帰りにはその刃物商に寄るのが自然な行動になってしまった。

店の主人は、誰の目から見ても元服を済ませたばかりと分かる若侍が、剣術の道具を持ったまま度々店へ来て、研ぎ師の手の動きを凝視しているのに気が付いた。大切なお客様を迎え入れる口調で声を掛けてみたところ、

「刃物研ぎが面白い。砥石を入手して自分でも研いでみたい」

と言われ、思わず笑顔になった。研ぎに使う荒砥石、中仕上げ砥石、仕上げ砥石などを幾つか見せながら、それぞれの産地や特徴を説明した。指先で実物の表面を撫でてみると、同じ中仕上げ用の砥石であっても、産地によって手触りが微妙に異なるのが理解できる。

宏之介俊直は毎日のように刃物商に立ち寄るうちに、主人ばかりではなく、店で働く者達とも顔なじみになった。

宏之介俊直は用人の西橋小四郎を呼び、砥石を幾つか買い求めたいと希望を伝えた。砥石と聞いて西橋は戸惑いを顔に出した。それも幾つかの種類を揃えたいというのである。

「そのような砥石は下町の職人たちが使うもので、武家の中でも殿と呼ばれる方が手にしたという話は聞いたことがございません」

と正直に伝えた。だが、宏之介俊直は譲らない。どうしても大きな砥石を使い、我が手で刃物を研いでみたいと言い張る。西橋は、

「御家老様のご意見を伺ってみます」

と言って、その場の対話を切り上げた。

西橋からの報告を聞いた家老の半田光三郎は、初めは驚いた様子であった。だが、柔らかく受け止めた。

「先代の殿、そして先々代の殿は、錦絵（彩色した浮世絵）がお好きであった。先々代の殿が版元にまで足をお運びになってお買い物をなさる際には、わしは何度かお供をしたも

のだ。

今の殿が、ご自分がなさりたいことを口に出されたのは初めてではないのかな。だがそのご希望が刃物を研ぐ砥石が欲しいというのであれば、そなたが驚くのも無理がない」

少し間を置いてから半田は続けた。

「途方もなく高価な砥石をお買い求めになるというのでは困る。だが、これなら初心者でも研ぎ師でも使えるという適当なものがあれば、殿の御希望をかなえて差し上げるのも我らの務めであろう。

殿が刃物を研いでいるときに御邪魔なものが周囲にないように、我らの方は研ぎ場を整えるように考えてゆくのが良いと思うのだ。どうだろうかな……」

翌日、宏之介俊直と用人の西橋は研屋を兼ねた刃物商の店舗へ向かった。店の主人は宏之介俊直の希望を聞いて些か驚いた様子であったが、親切に応じてくれた。

「殿様がご自身でお使いになる砥石をお買い求め下さるというのでしたら、仕入れ値に多少の保管料を頂くだけでお譲りいたします」

松野家の風呂場の脇に研ぎ場が整えられ、宏之介俊直は自分の趣味を存分に楽しめる場を持った。

十五　第二次長州征討

慶応二年（１８６６年）六月七日に第二次長州征討の戦闘が始まった。はじめは、幕府軍が大島口と呼んでいた瀬戸内海にある周防大島（屋代島）へ艦隊から砲撃した。長州側はそれには耐えられず、一時は周防大島から撤退した。だが十五日には長州の奇兵隊、浩武隊が周防大島へ上陸し、島を制圧した。

長州藩領の最も南東部にあり、広島藩に接した芸州口《げいしゅうぐち》では、広島藩が出兵を拒んだ。だが、フランス陸軍将校から軍事訓練を受けた幕府の陸軍と紀州藩兵が善戦し、戦線は膠着状態になった。

長州北東部の石州口《せきしゅうぐち》では、長州藩は支藩のひとつである清末《きよすえ》藩の藩主毛利元純《もとずみ》が軍を率いていた。ここでは、医師ながら西洋兵法を熱心に学んだ大村益次郎が実戦の指揮を執って圧勝した。

この石州口では、長州藩の東に隣接する津和野藩が中立を表明していた。長州藩兵はその地を通過し、さらに東にある浜田藩へ攻め込み、六月十八日には浜田城を攻め落とした。

――・――・――・――・――・――・――・――

この石州口の戦いに参加した兵士から聞いた話として、武捨《むしゃ》三次郎が綴った文が飛脚で江戸の松野家に届いた。それが届いたのは、戦いがあった時点からは大分日数が経っていた。だが、戦いに優劣が付く経過がよく分かる内容であった。

『石州口では、大村益次郎さんというお医者様が戦闘の指揮を執ったのだそうです。

その大村さんは、味方の兵は失わずに、敵兵を皆殺しにする戦法を考え出しました。長州兵が使う新式の銃は火力が強いので、幕府方が使う旧式の銃では弾が届かない距離から相手を倒せます。その優位な武器を持つ立場を上手に利用した戦法です。

新式の銃を初めて兵士に配った後で何人かの兵士に数発ずつ銃弾を渡し、どのくらいの距離なら狙った的に命中するかを確かめさせました。この試し撃ちで新しい銃の威力を知ると、長州藩兵の間では「自分たちは負けない」という確信が広まったのだそうです。

実際に戦いが始まってみると、長州側から発射される銃弾は遠方の敵兵によく当たり、敵方が狼狽する様子が遠目にも分かったそうです。やがて前線から敵兵が離脱する様子までが見て取れた、と言っていました。

優れた兵器を持ち、自信に満ちた指揮官の許にある兵士たちには勢いがつくのだろうと、私（三次郎）にもよく理解できました。』

＊　＊　＊

江戸に住む松野家の家老半田光三郎はこの報告を読んで衝撃を受けた。三次郎の報告からは、幕府側の兵として石州口に配置されたのはどこの藩の兵かは分からない。しかし配置された兵達が思い描いていた戦いの様子とは全く異なる状況が目の前に展開すれば、対処方法が分からずに狼狽するのは当然であろう。その狼狽を起こさせたのは、初めて実戦に使う新しい武器の威力と、それを活用する戦術への準備であった。「新しい銃を持った長州兵は強い」という認識は、いずれは征討に出た幕府軍全体に広がるはずである。その時には、幕府側は総崩れになるのではないか――、と恐怖心を煽られた。

―――・―――・―――・―――・―――・―――・―――・―――・―――

海上交通の要衝だった長州の馬関（下関）から見て、狭い海峡の向こう側（九州側：門司）は小倉藩領である。その小倉口こそが、長州勢と九州勢との攻防の中心になると予想されていた。六月初旬にはこの海峡を挟み、九州諸藩の兵と長州藩の兵とが集結した。ところが、九州諸藩側の総指揮官には統率力が不足していた。九州諸藩側はまとまって戦う態勢を整えられないでいるうちに、慶応二年（１８６６年）六月十七日には長州藩の兵が小倉藩領へ上陸してしまった。

それ以後は、小倉藩の兵だけが長州藩兵と戦い（小倉戦争）、九州諸藩の兵達は戦闘には加わらなかった。大きな武力を誇っていた佐賀藩は、この小倉口への出兵を拒否していた。

七月二十七日の戦闘の後では九州諸藩は兵を引き、孤立した小倉藩は八月一日に小倉城に火を放って退却した。

ここまでの経過で、幕府側は幾つもの藩から出兵を拒否されていた。その上、出兵に応じた藩も敗戦が続いた。そうした状況は、幕府側の全面的敗北と評価される事態である。

さらに悪いことには、将軍徳川家茂《いえもち》が七月二十日に大坂城で客死した。それ以後、その年（慶応二年＝１８６６年）の暮れになるまで、幕府は将軍後継者を決められなかった。

将軍後見職にあった一橋徳川慶喜は、自ら戦場に出ようとしていた。だが将軍徳川家茂が死去したのでそれを断念し、朝廷に働きかけて停戦の勅令を発してもらった。

その勅令により幕府側と長州側が宮島で会談し、停戦が合意された。第二次長州征討は幕府側の大失態という形で武力闘争は終結した。

その失態により、幕府の武力は取るに足らないと知れ渡ってしまった。それと共に、幕府からの制約を受けずに独自の道を歩もうとしている長州藩や薩摩藩に対して、幕府はもはや何も発言できなくなってしまった。すなわち、全国を統治していたはずの江戸幕府は、この時点からは実体のない存在になってしまったのである。

将軍徳川家茂が死去した七月二十日に、幕藩体制を終末へと導くもう一つの動きがあった。薩摩藩藩主である島津茂久とその父・島津久光とが連名で、朝廷内部では親幕府側であった二条斉敬《にじょうなりゆき》宛に、日本の政治体制を改革する建白書を提出した。その中には、

「朝廷は寛大な御心をもって、先ずは長州征討軍を解散し、その後に、広く政治体制を見直す議論を重ね、朝廷が主体性をもって国を動かしてゆける方向へ国家の体制を刷新すべきである」

と書かれていた。


当時の朝廷内部では、なぜか一橋徳川慶喜への親近感が殊の外強い孝明天皇の意向が、幕府側へ一方的に傾いてしまうので、幕府に大政を委任しておくことへの批判が充満していた。


八月四日に持たれた朝議に一橋徳川慶喜が呼び出された。その席で一橋徳川慶喜は、

「長州に一泡吹かせなければ、近いうちに長州藩軍は京にまで迫ってくる。先ずは長州藩軍を長州へ追い返すべきである。それが出来てから、朝廷の寛大な御処置として諸大名を

集め、これからの国事のあり方を討議してもらうのが良い」

と発言した。この発言を受けた孝明天皇は、

「私は長州征討軍を解いてはならないと考えている。すぐに兵を集め、それぞれ功を挙げるように」

と述べた。その言葉に従い、長州征討行動は継続されることになった。

八月八日には一橋徳川慶喜が朝廷へ出向き、故徳川家茂の名代として出陣すると伝えていた。ところが十四日には、その出陣を見合わせたいとする願いを出した。おそらく、その数日の間に、小倉城が落ち、九州諸藩の兵が戦線を離脱したという情勢変化の報告があったのであろう。朝廷からは十八日に、一橋徳川慶喜の出陣見合わせの願いが天皇から許された、という知らせがあった。

八月二十日に、長州征討は取りやめるという勅令が出た。

同時に、

「諸大名を招集し、国事は天下公論で決する」

と決まった。


――・――・――・――・――・――・――・――・――

十六　幕藩体制の崩壊、そして官軍と賊軍

天皇と公家達で構成されている朝廷。その公家達には家系による序列があった。下級公家の一人が岩倉具視《いわくらともみ》である。世の中が穏やかな間は、岩倉具視が朝廷内で活躍する場はなかった。ところが孝明天皇の勅令で始まった長州征討が失敗に終わった。

すると宮廷内には、世の中がどういう方向へ動いてゆくのか分からないという不安が漂う。その不安の表れのひとつとして、それまでは天皇の側近として朝廷を動かしていた上級公家に対する不満が朝廷内部から噴出した。それが朝廷のあり方を改革しようという動きへと高まっていった。

そうなれば下級公家からも発言できるようになる。岩倉具視は、幕府に代わって朝廷が諸大名を招集し、朝廷が政治の主導権を握る「列参」が好ましいと盛んに説いた。

この列参に目を向けたのが薩摩藩であった。文久三年（1863年）に、朝廷が松平春嶽（越前藩前藩主）、山内容堂（土佐藩前藩主）、伊達宗城（宇和島藩前藩主）等の経験豊かな元藩主達、薩摩藩の実質的指導者である島津久光、当時は将軍後見職にあった一橋徳川慶喜《よしのぶ》、そして京都守護職の松平容保《かたもり》等を招集して開いた、参預会議に似ていたからである。

慶応二年（1866年）八月三十日に、初めてこの列参を試みようと計画された。ところが、列参の討議議題が朝廷改革、長州征討軍の解散、追放されていた公家達の赦免であった。その討議議題が孝明天皇の怒りをかってしまった。その怒りに触れ、列参を企画していた岩倉具視を含む何人かの公家達は処罰された。

それ以後、薩摩藩は、朝廷の許に有力諸侯が集まる会議をもって幕府に代わる政治機構にしようとする構想を断念した。それに代わり、長州藩と共に武力で幕府を倒す方向へ注力するようになった。

他方、世の中の動きに関心を示さない孝明天皇の態度に、公家達の間では、朝廷改革の最大の障害は天皇である、と囁かれ始めた。

諸藩の藩主達の間では、幕府が政務の中心にある幕藩体制に行き詰まりを感じていた。幕藩体制では、全国を細かく分割した上で、個々の地域を各藩が統治するという仕組みが基本である。その幕藩体制が解消されれば、地域支配者としての藩という組織が長年享受してきた地位や旨味が失われるのではないか――、そうした不安がある。それを思うと、藩としては思い切った行動に出られなかったのだ。

季節は冬に入り、当時の日本の政治を動かす出来事が二件続いた。

一件目は、一橋徳川慶喜が慶応二年（１８６６年）十二月五日に、江戸幕府第十五代将軍に就任した（以後、徳川慶喜と表記）。徳川慶喜は将軍在任中には一度も江戸へ帰らず、朝廷と共に京にあって国の統治に当たる姿勢を見せ続けた。

もう一つは孝明天皇の崩御である。十二月二十五日に死去し、死因は天然痘と診断された。だが、他殺説がまことしやかに流れた。

慶応三年（１８６７年）十月三日、幕末に大きな政治力を発揮していた土佐藩の藩主山《やま》内豊範《うちとよのり》は、江戸幕府第十五代将軍徳川慶喜に対して、大政奉還を促す建白書を提出した。

その頃、京に滞在していた徳川慶喜は、薩摩と長州が連携して倒幕へ向けて動き出すと察知した。朝廷周辺の動きを見ていた徳川慶喜は、薩摩と長州が倒幕へ向けて武力で動き出す前に、大政（国全体を統治する実務）を朝廷へ奉還（お返し）しようと決断した。十月十三日に、上洛していた四十の藩の重臣たちを二条城へ集め、大政奉還を諮問した。

翌十月十四日には、武力で倒幕を目指す薩摩藩と長州藩は公家の岩倉具視と連携画策して、徳川家を中心とする江戸幕府を倒し、会津および桑名の両藩を討伐する、という勅許を朝廷から得た。

同日（慶応三年＝1867年十月十四日）、幕府は朝廷へむけて、大政を奉還する願い書を奏上したいと申し出た。翌十五日には、朝廷はそれを受け取るとした勅許が徳川慶喜に授けられ、大政奉還となった。

この大政奉還は、薩摩と長州による武力を用いた幕府討伐を避け、徳川家が安泰でいられるように図った、――そのような受け止め方が一般的である。だが、そればかりではなかったであろう。天皇の許に諸侯が集められた会議によって、徳川慶喜が国家の首相に推戴されるのを期待していた、とも推測できる。

ところが、集まっていた諸侯の間では互いに様子見の空気が強く、併せて国元で一揆の動きがあったので、会議を開くには至らなかった。

十二月九日には、公家の岩倉具視の働き掛けで、薩摩、長州、越前、土佐、安芸の五藩が示し合わせて、御所の九門を閉鎖した。

この閉鎖により、親幕府的な公家が御所へ入るのが阻止された。ただちに岩倉具視が幕府による統治の廃止と王政復古（古代から平安時代まで続いていた、天皇が中心になって国家の政治を行う国家像に戻す）による新しい国家体制を宣言した。これをもって、幕府が全く関わらない新しい政治体制となった。

これ以後、朝廷の指示に直接従う軍を「官軍」、その指示には従っていない軍を「賊軍」と呼ぶようにした。

長州征討は孝明天皇が勅令を発し、その勅令を受けた幕府が幾つもの藩へ命令して出兵させていた。ところが孝明天皇が死去し、次の天皇が即位しないうちに、朝廷を構成している公家達の多数派が交代してしまった。その新しい朝廷内多数派と、その多数派を取り囲む幾つかの藩が目指していたのは、天皇だけを国の統治命令者とする政治体制であった。

そうなると、天皇から直接命令を受けたのではなく、形の上では幕府から命令されて長州征討軍の一翼を担う形で戦いの現場へと送られた諸藩の兵士たちの立場はどうなるのだろうか。結論から言えば、官軍に敵対する賊軍の兵と看做《みな》されてしまうのである。その立場に不安を感じた諸藩の兵達は、それぞれの国元へと帰ってしまった。

王政復古に続き、土佐藩の前藩主山内容堂《やまうちようどう》から、同藩を脱藩して独自に活動していた坂本龍馬が記した「船中八策」が示された。その内容は、大政奉還、上下両院による議会政治、有能な人物の登用、不平等条約の改定、憲法制定、海軍力の増強、御親兵の設置、金銀交換比率の変更、であった。

――・――・――・――・――・――・――・――

江戸に住む旗本松野家では、この年の初めから敷地の一部を使って野菜の栽培を始めた。松野家の敷地は三百余坪（約一千平方メートル）である。家屋から離れた場所で、南向きで日当たりのよい部分を野菜畑にしたといっても、畑の広さはたかだか五十坪ばかりである。

そこは、それまでは家老の半田光三郎が朝顔の栽培を楽しんでいた場所であった。千粒以上も蒔いた種から出た若苗を一本ずつ別の鉢に入れて育てる。それらの中から花の形や大きさ、色が通常のものとは異なる個体を見つけ出し、同じ趣味を持った仲間と鑑賞する。半田はそれが唯一の趣味であった。この朝顔栽培は、時間に十分な余裕がある人の趣味である。ところが世の中が日増しに騒がしくなってきている。「いざ」という時に、何か役に立ちそうなことをしていないと取り残されてしまう……、そんな危機感が募り、半田光三郎は野菜栽培へと切り替えたのである。

野菜栽培なら、下働きの男にとっては子供の頃から身に付いた作業である。鍬で土を掘り起こしたところへ朝顔用に買い込んであった肥料をすき込み、綺麗に畝を立ててから種をまいてゆく。その迷いのない動作を見ていると、武家育ちの半田が手を出す余地はなかった。いや、ただひとつ。夏が近付いて収穫出来そうになったキュウリ（胡瓜）やナス（茄子）が目につき始めた頃に、下働きの男に促されて鋏で切り取るだけであった。

十七　朝敵となった幕府の倒壊

大政奉還を受けてからの朝議では、徳川慶喜《よしのぶ》に対し、国内政治を全面的に担う立場（内大臣）を辞任するように求めた。さらに、江戸幕府という徳川家を中心とした統治組織に属していた幕府直轄地や直参たちの知行地を、速やかに朝廷へ返上するように迫った（辞官納地）。他方、長らく京を追われていた長州藩とその藩主毛利敬親の復権が認められた。

十二月十六日に、徳川慶喜は大坂城に諸外国の公使を集めた。その場で、朝廷には外交経験が全くないので、大政奉還後も徳川慶喜が外交を掌握してゆく、と述べた。徳川慶喜は、内大臣を辞任しても外交関係からはまだ切り離されていない、と解釈していたのであろう。

幕府が中心になった政治体制を倒す（倒幕）という勅令は、江戸の薩摩藩邸にも伝わった。その当時の江戸の薩摩藩邸では、薩摩と長州が討幕軍を動かし始めると同時に、江戸でも討幕軍を動かすという二面作戦計画を持っていた。それに備え、浪人達を使ってさまざまな挑発行為をさせていた。

十二月二十三日の夜、江戸の三田にあって江戸市中警戒の任に当たっていた庄内藩の屯所へ銃弾が撃ち込まれた。続いて江戸城の二の丸御殿が炎上した。たまりかねた旧幕府側は薩摩藩に対して浪人達の引き渡しを求めたが拒否された。庄内藩は激高し、江戸の田町にあった薩摩藩邸に焼き討ちを仕掛けようとするまでに、事態は大きくなった。

十二月二十七日に、大坂城にいた徳川慶喜の許へ江戸の状況が伝えられた。その報告内容が城内へ広まると、大坂城に滞在していた幕府軍の中では、「薩摩を討とう」とする気運が一気に高まった。

慶応四年（１８６８年）元日、徳川慶喜は薩摩を討とうとする事情を書いた文書を朝廷へ上奏した。翌二日から三日にかけて、旧幕府の歩兵、会津藩兵、桑名藩兵など一万五千の旧幕府側軍勢（賊軍）を、鳥羽街道と伏見街道をゆく二隊に分け、朝廷と新政府がある京へと進めた。

鳥羽街道を進んでいた旧幕府軍（賊軍）は、一月三日午前、街道を封鎖していた薩摩藩兵を中心とし、長州藩兵も加わっていた官軍の兵約五千と衝突し戦闘に入った。旧幕府軍は数では勝っていた。だが、この戦いに負ければ樹立したばかりの新政府は倒れてしまう、と心をひとつにした官軍の意気込みの方がわずかに勝っていた。旧幕府軍は道幅が狭い街道を突破できず、前進を阻まれた。

伏見街道では、同じ日の昼頃から戦闘に入った。午後八時ごろ、薩摩藩兵が放った砲弾が伏見奉行所の火薬庫に当たり、奉行所は炎上した。それを見た旧幕府軍は退却をはじめた（以上鳥羽伏見の戦い）。

朝廷は一月三日に緊急会議を招集した。その席で薩摩の大久保利通は、

「旧幕府軍が京へ攻め込めば、発足からまだ日が浅い新政府は崩壊してしまう。ここでは朝廷が幕府征討（幕府を倒す＝倒幕）を布告し、朝廷側の軍には官軍であることを誰の目にも明らかにさせる錦旗が必要である」

と説いた。一部に反対が出て会議は紛糾した。だが、議定の岩倉具視が賛成したので会議の趨勢は決した。

旧幕府側には、中山道を経て大坂へ向かう軍があった。その軍勢が関ヶ原（岐阜県）を前にしたところで、官軍の兵がすでに大津にまで入っているという誇張された話が飛び込んだ。それに驚いた旧幕府軍は中山道を前進するのを諦め、紀伊半島の付け根を横断する伊賀街道を経て大坂へ向かった。

――・――・――・――・――・――・――・――

京の都にいた武捨《むしゃ》春重が慶応三年十月十五日に書いた報告文である。

『御所には身分が高いと思われる方々の駕籠が幾つも出入りしています。ですが、その動きが何を意味しているのか、私には分かりません。都に住んでいる人たちに聞きましても、「なんどすのやろなあ」と、首をかしげています。御所を中心にして人の動きが慌ただしいからにはただ事ではないと思うのですが、その内容が摑めないので途方に暮れています。祢津《ねづ》の山里から持って参りました絹地が手元に無くなった折でもありますから、ひとまず山里へ帰ることに致します。』

＊　＊　＊

江戸市中にも様々な話が流れている。中でも、幕府が発進を命じた長州征討軍が敗れたという話を江戸市中で聞いた時には、松野家の用人西橋小四郎は言葉が出ないほどの衝撃を受けた。先に届いていた武捨三次郎からの文には、その話に繋がる内容が書かれていた。その報告には、江戸にいたのでは想像も出来ないほど簡単に幕府方が敗れたと書かれていたので、西橋小四郎は半信半疑であった。ところが江戸市民の間にさえ、幕府軍が敗れたという話が流れている。もはや本当の話として信ずるしかない、と捉えるようになった。

今の流れがそのまま続けば、いずれは長州の兵が江戸にまで攻めてくるであろう。その時には、松野家は徳川家の旗本として徳川家の盾となり、長州の兵達と対峙しなければならない。だが――松野家の当主である殿は二年前に元服はしていたものの、まだ十七歳。その若い殿が率いるべき子飼いの徒士《かち》（兵卒）は、この松野家にはいない。それが実情である。殿が出陣する事態に至れば、御家老様と自分が兵卒として付き従ってゆくしかないであろう。西橋小四郎は腹をくくった。

＊　＊　＊

薩摩の情勢を探るのを己の任務と心得て行動していた武捨善之助は、元治元年（１８６４年）以来、大坂からも馬関からも九州へ渡れず、仕方なく長門で絹織物を売り歩いていた。織物商を巡るうちに、「昨日も信濃から絹織物を売る男が来た」という話が出た。もしや、と思ってその男の人相を聞くうちに、三次郎だと確信した。行商人宿を幾つか探すうちに、三次郎と出会えた。

その頃の長州は幕府との戦争を目前にして騒然としており、絹織物はほとんど売れなかった。止むを得ないと二人で行商を見限り、祢津の山里へ帰ることにした。そうした事情を二人連名で書き、江戸の松野家へ飛脚で送ってきた。

十八　新政府軍の東征（戊辰戦争）

慶応四年（1868年）一月四日、朝廷から新政府軍（官軍）に菊の紋章を正面に描き出した錦旗が与えられ、その新政府軍に土佐藩が加わった。

一月五日には、官軍は京から大坂方面へと進み始めた。

錦旗を軍の先頭に掲げると、〝新政府軍こそが天皇・朝廷を支える官軍である〟と誰の目にも明確に伝わる。他方、錦旗を持たない旧幕府軍は、官軍の討伐対象になっている賊軍だと判別される。

一月六日にこの事態変化を知った旧幕府側の総大将徳川慶喜《よしのぶ》は、大多数の将兵達を大坂城に残したまま、会津藩藩主、桑名藩藩主等を含む数人の側近だけを伴って、秘かに大坂城を抜け出した。彼等は大坂湾に停泊していた幕府の軍艦開陽丸に乗り込み、江戸へ退却した。

翌一月七日には、朝廷から徳川慶喜追討令が出された。そして一月九日に、総大将が不在の大坂城は官軍に接収された。

――・――・――・――・――・――・――・――

徳川慶喜が江戸へ戻ったことは旗本達にすぐに知られた。ところが、京に新政府ができたとは、まだ江戸市中には知られていなかった。そのような状況では、僅かな供回りだけで将軍が江戸へ帰ってきた事情が理解できない。互いに聞き合わせをするばかりであった。やがて、京には天皇を中心にする新しい統治組織である政府が生まれ、その新しい政府から、徳川慶喜に対して追討令が出された、と知れ渡った。そうなると、旗本や御家人の間には、

「我らはどうなるのだ」

という不安が広がる。

旗本、御家人達は、もともとは徳川家の家臣団である。その徳川家の頂点に立つ慶喜に対して新政府から追討令が出たのであれば、徳川家の家臣団は新政府側から見れば討伐対

象になる賊軍である。だが、

「天皇・朝廷は、なぜ徳川家を追討対象にしたのか」

そこが全く分からない。二年ほど前には、天皇の命令を受けて江戸から幕府軍が長州征討に出て行ったではないか。それなのに、どうして――。


ほどなく、自分たちの生活基盤は徳川家があってこそ保障されている、と自覚した旗本、御家人達の間から声があがった。

「我らは徳川家の家臣である。徳川家を敵とみなす相手とは、たとえ相手が天皇・朝廷であろうとも全力で戦う」

松野家では、家老の半田光三郎と用人の西橋小四郎とが、平素から交流があったそれぞれの知人達に、将来への展望を問い合わせてみた。だが返ってくる返事には統一性がない。その上、

「成程、それならば我々も同様に……」

と言えるほど説得力がある話も出てこなかった。結局は何も打つ手がないまま、以前と同じ生活を続けていた。

――・――・――・――・――・――・――・――・――

慶応四年（1868年）の一月九日に、朝廷では明治天皇が即位した。だが、明治への改元は同年九月十八日である。

後に出された政令には、

「慶応四年を以て明治元年とする」

とあるので、旧暦の慶応四年一月一日に遡《さかのぼ》って明治の元号は適用されている。ここでは以後、慶応四年＝明治元年と記述する。

一月中旬に入ると、外様が多かった西日本の諸藩は新政府側に付いた。そして徳川御三家筆頭にある尾張藩は、国際情勢から見て、日本が国内戦争を続けていれば欧米列強のいずれかの植民地にされてしまう、と危惧していた。そこで東海道沿いの各藩へ、こぞって官軍側へ付くように働きかけた。藩主不在の桑名藩は新政府側であると表明した。

彦根藩は譜代の大藩であり、「安政の大獄」が起きた当時は、藩主井伊《いい》直弼《なおすけ》が幕府の大老を務めていた。その井伊直弼が桜田門外で水戸藩脱藩者らによって斬殺された後に、彦根藩は幕府の権威を失墜させたと断ぜられ、石高を十万石も減らされていた。その幕府の仕打ちに憤慨していた藩士達が中心となり、彦根藩は新政府側に付いた。日和見をしていた東海道、中山道沿いの藩はそれを知ると、新政府側へまわった。

街道沿いの各藩が新政府側へまわったので、京の新政府と官軍側へ食料を始めとする物資を補給する輸送路が確保された。

大坂から江戸へ戻った徳川慶喜は、新政府に対して恭順の姿勢を取った。先ずは、江戸幕府内にあって抗戦を主張していた者達を次々と解任した。幕府が作った西洋式陸軍で指導に当たっていたフランス軍将校たちは、幕府軍は官軍に対して徹底抗戦すると期待していた。だが、徳川慶喜は幕府とフランス陸軍との関係を清算し、ここでも恭順の姿勢を示した。

―・―・―・―・―・―・―・―

旗本・御家人たちの間にも、徳川慶喜が行った幕府内の人事異動が伝わった。

いずれの異動内容を見ても、

「戦って勝ち抜く」

という、武士が持つべき気概からは遠く離れているので、戸惑うばかりであった。

「武家とは何だ、将軍とは何なのだ」

という率直な疑問が頭をもたげる。

それと並行して、徳川家の頂点に立っている将軍が直接決めた人事なのだから、下々《しもじも》には分からない深い事情があるのだろう。黙ってそれに従うのが徳川家を支える我らの役目なのだ、とする気持ちもある。


松野家の殿は道場から帰ってきても、世の中が急激に変化しつつあることに関しては何も口に出さない。すべては今までと変わらないかのような態度でいる。その態度を間近で見ている家老と用人からは、世の動きを積極的に話題にはできない。そうした状況では、御家の先行きを話し合う機会は生まれてこない。ただし奥方のすみには、折を見ては世の動きを断片的に伝えていた。だが、まだ身に迫る事態には至っていないので、奥方はほとんど関心を示さなかった。

――・――・――・――・――・――・――・――・――

慶応四年＝明治元年（1868年）は干支が戊辰《ぼしん》なので、この年から翌年にかけて日本国内の各地で起きた官軍と賊軍との戦いは戊辰戦争と呼ばれている。

新政府は有栖川宮熾仁《ありすがわのみやたるひと》親王を大総督とした東征軍を組織し、京から東日本へ向けて東海道軍、中山道軍、北陸道軍に分けて進軍させた。

徳川慶喜は、新政府に対して恭順の意を伝える使者に相応しい人物の選択に入った。この使者は新政府軍の本営に入り、軍を直接動かしている西郷隆盛と面談するはずである。その選択の結果、幕臣の中でも随一の剣豪といわれる山岡鉄舟《やまおかてっしゅう》を使者に任命した。次いで徳川慶喜は、その当時は幕府の陸軍総裁だった勝麟太郎《かつりんたろう》（号は海舟《かいしゅう》）を呼び、西郷隆盛宛の書面を授けた。勝麟太郎は山岡鉄舟と面談し、山岡の人柄が信頼できると判断したので、徳川慶喜から預かった西郷隆盛宛の書面を山岡に託した。

慶応四年＝明治元年（１８６８年）二月十一日、徳川慶喜は新政府に対して恭順の姿勢を明示する手段として、徳川将軍家の菩提寺である江戸上野山にある寛永寺に蟄居した。


東海道を進軍した新政府軍は向かうところ敵なしの状態だったので、二月には尾張、三河、遠江《とおとうみ》を通過し、駿河の駿府《すんぷ》（静岡市）へ近づいた。

中山道を進んだ新政府軍の本隊は、三月八日に梁田《やなだ》宿（栃木県足利市）で旧幕府軍からわずかに抵抗されたものの、ほどなく大宮宿（埼玉県）にまで進んだ。

中山道を進んだ部隊のうちで、土佐藩の板垣退助を中心とする支隊は信濃（長野県）の諏訪から甲斐《かい》（山梨県）へと進み、幕府直轄地の拠点だった甲府城を接収した。そこから江戸へ通じる甲州街道では、勝沼（山梨県甲州市）付近で旧新選組に抵抗されたが難なく撃破し、慶応四年＝明治元年（１８６８年）三月十一日には八王子（東京都）に到着した。

これで江戸は、南西（東海道）、北（中山道）、西（甲州街道）の三方向から攻め込まれる寸前にまで追い込まれた。

新政府軍は三月六日に開いた軍議で、各方面から江戸総攻撃を行うのを三月十五日と決めた。だが、徳川慶喜が恭順の意志を明確に示せば、それを考慮するとした。

山岡鉄舟は駿府へ急行し、西郷隆盛と面談して徳川慶喜の書面を手渡した。西郷は山岡の人柄に感じ入りながら、会戦を回避する条件として、東征軍が徳川家に求めている幾つかの内容を示した。山岡はその中のひとつ、

「徳川慶喜の身柄を備前藩に預ける」

というところだけは受け入れられないが、徳川方に求められている武装解除はすべて受け入れると答えた。西郷は徳川慶喜の身柄管理を未決定事項にするという形で会談を収めた。山岡鉄舟はこの結果を三月十日に勝麟太郎へ報告した。


三月十二日と十三日に、新政府側の西郷隆盛と旧幕府側の勝麟太郎とが、江戸郊外の池上本門寺で会談した。この会談により、三月十五日に予定されていた江戸総攻撃は回避され、江戸は新政府の支配下に入った。西郷は旧幕府側と会談した責任者として、新政府へ報告する目的で急ぎ京へ向かった。

江戸幕府が倒壊する前日の慶応四年＝明治元年（１８６８年）三月十四日、明治天皇は

天地神明に誓うという形式で、新政府の基本方針を『五か条の御誓文』として発表した。そこには、封建時代には為政者が全てを決めていた弊習《へいしゅう》（悪い習わし）を破り、「広く会議を興し万機公論に決すべし」とし、議会政治の実現を公約した。

　翌日の三月十五日には、社会の混乱を防ぐ目的で、当面の社会規範（例えば殺人、窃盗の禁止）を五種類の高札（五榜の掲示）にして各藩に出させた。同年四月二十一日には、新政府は国家権力を立法、行政、司法の三権に分けることを示した『政体書』を発表した。

十九　旗本松野家の苦悩

慶応四年＝明治元年（１８６８年）三月に入ると、徳川家の旗本松野家の若い殿・宏之介俊直は道場へ行かなくなった。

その数日前、道場から帰ってきた時に怖いと思うほど、思いつめた顔をしていた。それに気付いた用人西橋小四郎が声を掛けた。

「殿、お体の何処か、具合のよろしくないところがあるのでしょうか」

「いや、何処も悪くない」

それだけが宏之介俊直の返事であり、直ぐに自分の部屋へ籠ってしまった。

十七歳の男性の多くは、大人としての自覚は出来つつあるものの、社会行動に関してはまだ自信がないので、精神的には不安定な年ごろである。

慶応四年＝明治元年（１８６８年）三月十五日に江戸城が無血開城されてからは、十五代将軍だった徳川慶喜《よしのぶ》は水戸へ移って蟄居謹慎した。

江戸へ入ってきた新政府軍（官軍）の兵士達は、昔から続いてきた武士の姿とは似ても似つかない姿である。頭には兜の代わりに先が尖った黒い帽子をかぶり、上衣は左右からくる布地が胸から腹の前で重なり合ったところで、釦《ぼたん》と呼ばれる丸い留め具で開かないようにしている。下半身は、股引《ももひき》に似て股間から下は二本に分かれ、それぞれに片足が収まる様式である。それまでの江戸では極めて稀にしか見られなかった西洋人の服装に似ている。衣服は西洋風ではあっても、兵士らがしゃべっている言葉は日本語である。だがそのしゃべり方は、生粋の江戸っ子の話し方とは抑揚が異なるので耳には馴染みにくい。

新政府軍が江戸に入ってからは、宏之介俊直は一層無口になった。ところが、松野家がある江戸上野山の西側に位置する根津町には、その頃から少しずつ、昔ながらの袴をはいた二本差しの男たちの往来が増えてきた。近くにある上野山には寛永寺がある。そこへ出入りする武士の数が多くなってきたのである。

寛永寺に集まった武士達は「大義を彰《あきら》かにする」という意味の彰義隊《しょうぎたい》と名乗り、徳川家の菩提寺である寛永寺を守ることで徳川家への忠誠を表そうとしていた。その隊の構成員たちが、松野家の邸がある根津町の付近にまで出歩くようになったのである。

松野家の殿・宏之介俊直が家老と用人に対し、庭に面した座敷へ揃って来るように命じた。宏之介俊直がこの両人に対して何かを命じたのは初めてである。それだけに、家老の半田光三郎と用人の西橋小四郎はやや緊張していた。

「わしは彰義隊に加わり、徳川家の菩提寺である寛永寺を御守りする」

それが俊直から出た言葉であった。

部屋には緊張した空気が満ち、暫くは沈黙が支配した。

やがてその場の緊張をほぐすかのように、家老の半田がゆっくりとした口調で、俊直の言葉を受け止める発言をした。

「徳川家の御旗本・松野家の殿として、立派な御覚悟でございます。この半田が殿の御身辺を御守りしますので、存分に御働き下さい。

そして西橋が、御先代の奥方様と、御当家にとって何よりも大切な御先祖様方の御位牌を御守り致します」

俊直は眉間と口元に大きな緊張を表した。だが、何も言わなかった。

沈黙が暫く続いてから、用人の西橋が静かに頭を下げて口を開いた。

「殿、つきましては、このお邸が危険に晒されました時には、ご先代の奥方様と御先祖様方の御位牌をどちらへお移しするのが宜しいか、御指図を頂きとうございます」

暫く黙っていた俊直が苦しそうに口を開いた。

「いや……、そこまでは考えていなかった」

再び沈黙の時間が流れてゆく。

宏之介俊直としては、自分から言い出した彰義隊への参加である。だがそこへ参加すれば、先祖達の位牌、母の身の安全、そして自分に比べれば遥かに年上の半田や西橋の身がどうなるか……、それらは何も考えていなかった。

沈黙の時間が過ぎてゆく――、だが家老と用人からは何の発言もない。

いやでも自分から何かを言い出さなければならない状況に追い詰められた宏之助俊直から、一言ずつ区切るようにして、言葉が出た。

「わかった。わしが短慮であった。わしは徳川家の旗本であるところにばかり視点を合わせ、この家の全体がどうあるべきかまでは考えが及んでいなかった」

その後も、部屋には無言の重苦しい時の流れが続いた。

家老の半田光三郎が静かに顔を上げて口を開いた。

「殿、お考えが纏まりましたら私共をお呼び下さい。それまでは、持ち場で控えております」

半田と西橋は静かに部屋を出てゆき、若い殿だけがそこに残された。

翌日、半田と西橋は殿から呼び出された。

「昨日は、そち達の心を煩わせて済まなかった。わしが短慮であったばかりに、そち達に心配をさせてしまった。ひとまず、昨日のことは無かったことにしてくれ――、頼む」

殿が生まれる前から松野家に仕え、殿が誕生してからは、ずっと周辺を守ってきた半田と西橋である。その殿から『頼む』と言われれば、前日にあった殿の発言の全てを水に流すだけの心の余裕は備えている。

——・——・——・——・——・——・——・——

それからの一か月余りの間に、彰義隊が関わったか、と疑われる殺傷事件が上野山周辺で頻発した。

新政府が江戸の住民達から信頼されるには、江戸市中の治安確保が欠かせない。あたかもそれを遮るかのように、旧幕府側の兵あるいは直参とおぼしき輩が跋扈《ばっこ》していれば、新政府側はそれを放置できない。

慶応四年＝明治元年（１８６８年）五月十五日に、旧幕府側の直参が多数集合している彰義隊と新政府軍との間で戦い（上野戦争）が始まった。新政府軍側は新たに英国から購入した圧倒的に強力な火砲を用い、不忍池《しのばずのいけ》を隔てた本郷の崖の上から激しく砲撃した。上野山に籠っていた彰義隊はその日のうちに殲滅され、死者は二百人を超えた。

――・――・――・――・――・――・――・――

上野山で彰義隊が敗れてから数日を経て、主として長州の周防岩国付近の状況を探っていた武捨《むしゃ》義則からの文が松野家に飛脚で届いた。そこには、四月二日の日付があった。

『長らくご報告が途切れました無礼をお許し下さい。

私は三月末に祢津《ねづ》の山里に帰って参りました。新政府軍が中山道を進んでおりましたので、その後ろについて進むしかありませんでした。新政府軍は多数の兵と共に大量の兵器と食料を運んでおりましたので、進軍速度は平素の旅の足取りに比べれば遅かったのです。新政府軍の前に出ようとすれば警戒されて尋問されますから、それはできませんでした。

旅の途中で、幕府が関わった全ての領地が新政府に没収された、と聞きました。祢津の山里は、これからはどちら様の知行地になるのでしょうか。そして、私の任務は終わったのでしょうか。私には分からないので、心が落ち着かない日々を送っております。

ともあれ、無事に帰り着きましたことをご報告いたします。』

この文を読んだ松野家の用人西橋小四郎から大きなため息が出た。これで二百六十年余り続いてきた、江戸幕府が日本全国を統治する体制は崩壊した、と悟らされた。今までは何の疑問も持たずに従ってきた生活基準の全てが取り除かれてしまい、拠り所が全くない世界へ放り出されてしまったのである。

　では、明日からの我が身は、そして松野家は、どうやって生きる道を求めてゆけばよいのか――。そこへはまだ思慮がおよばないでいる。

二十　東北諸藩の動向

北陸道を進んだ新政府軍の主たる目的は、かつて長州藩を京都から追い出した会津藩（福島県）、そして江戸の薩摩藩邸に焼き討ちを仕掛けようとした庄内藩（山形県）への攻略であった。

日本海沿いの北陸道を経て、新政府軍が進軍する途中に長岡藩（新潟県）があった。その長岡藩は、幕府側でも新政府側でもない中立を望んでいた。だが、場合によっては新政府軍と戦うこともあり得ると予想した長岡藩は、アメリカの南北戦争（1861年～1865年）の終結で、世界的に余剰となっていた最新式の兵器を買い込んでいた。

向かう先には敵がない状態で進んできた新政府軍は、長岡藩に降伏を求めた。この降伏という表現には、小藩とはいえ、長岡藩は求められるままには従えなかった。

慶応四年＝明治元年（1868年）五月二日、新政府軍と長岡藩との戦闘（北陸戦争）

が始まると、長岡藩は頑強に抵抗した。最終的には新政府軍が勝ったものの、新政府軍側の死者数（一千以上）は、長岡藩側のそれ（約四百）の二倍以上となり、戊辰《ぼしん》戦争を通じて最大の激戦になった。

――・――・――・――・――・――・――・――・――

旧幕府の旗本松野家の家老半田光三郎には、幼い頃に近所の遊び仲間だった友人がいた。その友人は江戸両国の近くにある、信濃・上田藩の足軽長屋に住んでいた。その友人が半田を訪ねて来たというので、自分に与えられている部屋へ迎え入れた。

友人は久しぶりに顔を合わせたにも拘《かか》わらず、いきなり自分の心の動揺を口に出した。

「突然訪ねてきて、仕事の手を休ませることになり、すまん。だが、誰かに話を聞いてもらいたくてここへ来た。勘弁してくれ」

そう詫びながら、一人息子の身を案ずる話を始めた。

その一人息子は、数年前に殿に指名されて、任地が江戸から上田へと替わった。上田では小さいながら住まいを与えられたので、嫁とたった一人の男の子（友人の孫）と一緒にそこで暮らしていたという。半田の友人は胸の内にある混乱を示すかのように、話の内容を前後させながら心配事を話した。その話しぶりと息遣いから、何とかして半田にも理解してほしいという心の内が伝わってくる。その友人は江戸藩邸の勤めを数年内に辞し、一人息子とその家族が住む上田へ移って、余生をゆっくり過ごそうと思い描いていたという。ところが今度の政変では、上田藩は新政府側であった。地理的に上田の近くで起きた北陸戦争では、上田藩は新政府側として兵を出動させた。

「北陸戦争は熾烈を極めたというから、動員された息子はどうなっただろうかと、心配で夜も眠れないのだ」

友人は胸の内の苦しさをそのように吐露した。

半刻ほど話した後で友人は帰って行った。

半田光三郎には、老後の自分の身を託せるほどの身内はいない。だが昔からの友人が気持ちを混乱させながら息子の安否を心配していた姿は、何時までも頭から消えない。戦争が巻き込む数知れない不幸の中に、自分も一緒に引きずり込まれた思いであった。

新政府軍から許されざる敵とされた会津藩と庄内藩は、いずれも奥羽（東北地方）にあった。この両藩に対しては、奥羽諸藩の間に同情する空気が強かった。

慶応四年＝明治元年（１８６８年）一月十七日には、新政府から奥羽の雄と言われる仙台藩（宮城県）へ会津藩追討令が下った。だが仙台藩は動かなかった。三月二十二日には仙台藩に対し、新政府へ依然として抵抗姿勢を見せていた会津藩と庄内藩を追討するようにと、再び命令が下った。それを受けた仙台藩の使者が一時的には会津藩領へ入り、会津藩藩主松平容保《かたもり》が城外で謹慎する形で新政府へ降伏するように、と説得を試みた。だがその説得は失敗に終わった。同様に、庄内藩に対しては赦免を願う嘆願書を書かせようとした。だがこれも成功しなかった。

慶応四年＝明治元年（１８６８年）閏四月四日には、仙台藩は奥羽の十四藩を集めて会議を開き、新政府に対して会津藩および庄内藩の赦免を求める嘆願書を整えた。だが新政府はこの嘆願書を却下した（閏四月十七日）。

閏四月二十三日、奥羽の二十五藩と北越の六藩とで、奥羽越列藩同盟が結成された。ところが、この同盟には統一した戦略がなかったので、次第に分解してゆく運命にあった。

四月上旬には、宇都宮（栃木県）を経て北上しつつあった新政府軍は、古代から関東と奥羽（東北地方）との境界地と言われる、白河（福島県）の近くにまで迫った。会津藩と仙台藩は共同作戦を採り、交通の要衝である白河を押さえていた。以後、百日近くにわたって共同作戦軍は新政府軍と戦い、双方併せて千人を超えるともいわれる戦死者を出したが、決着はつかなかった。

六月十六日から二十日にかけて、新政府軍約千五百人が太平洋に面した平潟《ひらかた》（茨城県北部）へ軍艦から上陸し、そこから海岸沿いに北へと進み始めた。この新政府軍が白河の北側へ回り込むと、白河へ遠征している仙台藩軍は本領との間が分断されてしまう。それを危惧した仙台藩の中には新政府へ恭順しようという空気が流れ、仙台藩は白河へ遠征していた軍を自領内へ引き上げさせた。

八月下旬に入り、二本松（福島県）まで進軍していた新政府軍は、会津藩の防御が薄い峠道を越えて会津藩領へ入り、若松城に籠城していた会津藩軍を攻略した（会津戦争）。

九月四日に、奥羽越列藩同盟に参加していた米沢藩が新政府に降伏し、米沢藩は仙台藩に対しても降伏を誘いかけた。その結果、九月十日に仙台藩は新政府軍に降伏した。

残るは北海道箱館（函館）の五稜郭に籠る土方歳三《ひじかたとしぞう》と榎本武揚《えのもとたけあき》を中心とする旧幕府軍だけになった。明治二年（１８６９年）四月九日、新政府軍はこれを攻撃し、土方歳三は戦死し、榎本武揚は降伏したので戊辰戦争は終結した。

戊辰戦争は開戦から一年少々で終結したので、その間に外国が絡むすきを与えなかった。その早期決着により、日本が欧米列強国のいずれかの植民地にされる危険が避けられた。

――・――・――・――・――・――・――・――

新政府軍は奥羽へ進攻したものの、白河では予想以上の抵抗に遭っていると聞き、旗本松野家で用人を務めている西橋小四郎には気懸かりが生じた。小四郎のすぐ上の兄である武三郎が、仙台藩の阿部家へ養子に入っていたからである。その兄は今度の戦いに参加したのだろうか、そしてその生死は……。だが西橋小四郎の年齢は五十二、その兄である武三郎は二歳年上である。実戦に出ることはまずないだろうと考え、それ以上の心配をしても無駄であると気持ちを整理した。

もうひとつの気懸かりは、祢津《ねづ》の山里との繋がりであった。

ここ十年ばかりは、その地の若者達を絹織物の行商人として上方や西国へ派遣し、行った先々の状況を報告させていた。

ところが、松野家が仕えていた徳川家、その徳川家を中心にして組織されていた幕府が倒壊してしまった。それに伴い、それまでは徳川幕府の直轄地、あるいは直参たちの知行地であった地域が、朝廷（新政府）へ返還される事態となった。この時点で、松野家は祢津の山里とのつながりが切れたことになる。だが西橋としては、自分の発案で祢津の山里の若者達に故郷を遠く離れた地で諜報活動をさせてきたことに、心の負い目があった。

里長、武捨善之助、武捨春重、武捨三次郎、武捨義則の五名に、心を込めて、今までの活動に対する感謝を表す文を書き送った。

二十一　松野家の明治

徳川家の旗本であった松野家は、幕府の倒壊と共に全ての知行地を失った。それまでにも何回かは経験してきた知行地の米の凶作に対しては、それがどの程度であるかを知れば、次へ向けた方策が立てられた。ところが今度ばかりは、ある年に限定された収入の減少ではない。今後は松野家の収入を生み出す知行地がすべて無くなるのである。そうなれば、生活に影響が及ぶのは松野家の若き殿様と先代の奥方だけではない。松野家へ仕えている家老、用人から下働きの者たちに至るまでの全員が、それまでの生活の一切を捨て、新しい生活へ入る覚悟をしなければならない。

松野家の殿・宏之介俊直は、主家である徳川宗家が駿府（静岡市）を中心とする駿河に領地を与えられたと聞き、徳川宗家と共にそこへ移住すると決めた。だが、その地で徳川宗家に与えられる石高がどれほどであるのか、そこから直参達にいかほどの知行地が与えられるのかは、何も伝えられていなかった。

宏之介俊直は使用人達を座敷に集め、徳川家と幕府に付随した全ての組織が駿府へ移ると伝えた。使用人達は巷の噂話でそれは承知していたようであった。話の締めくくりとして、これまで徳川家の旗本として生活してきた松野家は、先々どのような立場で徳川家に仕えるようになるかは全く分からないと、はっきりと言葉にした。

それに続き、この江戸で生活する方策が立つ、あるいは見込みを持っている者は遠慮なく申し出て、明日からでも新しい生活に進んでほしい、と伝えた。さらに駿府へ移住した後であっても、場合によっては、松野家は誰も雇用できなくなる怖れすらあると、包み隠さず言葉にした。それから数日後には三人の男女が松野家を去った。

―――・―――・―――・―――・―――・―――・―――・―――

徳川家を頂点とする江戸幕府には、直参である旗本と御家人の総数を二万二千六百人にするという幕府軍規定があった。

比較的よく知られた言葉に「旗本八万騎」がある。これは直参の各人が、二名あるいは三名程度の旗持ちなどの徒士の従者を連れて一斉に戦場へ出る時の様子を表しているのであろう。加えて日本人の心には、「八」という数字は「圧倒的に多い」と捉える感覚がある。例えば江戸の大きさを示すのに八百八町、大坂には橋が多いことを八百八橋と表現する。その「圧倒的に多い」という感覚と兵団の総員が八万に近いところが一緒になり、「旗本八万騎」という表現が生まれたのであろう。

徳川幕府は、「旗本八万騎」が戦のない期間であっても、本人とその家族達が生きてゆくだけの経済的保障をしなければならなかった。その経済的保障をするには、徳川幕府は総計約三百万石に近い米を生産する知行地を直参達に分け与える必要があった。

日本全国を統治する幕府の政治組織を動かしてゆくには、戦闘員となる直参達とその家族を養うだけでは足りない。本拠となる江戸城の維持管理はもとより、大奥を管理存続させる支出、広く分散している直轄地を流れる河川の整備改修には、莫大な支出が求められた。それらを賄うには、約四百五十万石の米を生産するだけの幕府直轄地（天領）が必要であった。したがって幕府直轄地と直参達の知行地を合計し、大略七百五十万石の米を生産するだけの領地が、徳川家の支配下に置かれていた。

明治新政府が樹立された直後は、幕府と藩とを基本構成要素として全国を分割統治する、江戸時代の支配体制からは、まだ抜け出せないでいた。江戸幕府が新政府軍の武力で倒されたといっても、その新政府軍とは、各藩の兵力の一時的集合体であった。したがって各藩の頂点に立つ大名家が、それぞれの領地を分割統治するという形式を、一挙に廃止するわけにはゆかなかったのである。差し当たりは、江戸時代の統治体制の多くを継承する形を取ったのである。そうした事情から新政府は、先ずは「徳川家を多々ある大名家のひとつに降格させた」とみなし、駿府藩として七十万石を徳川家へ与えた。

江戸時代に、直接的にあるいは間接的に支配していた総計約七百五十万石分に比べれば、徳川家はその十分の一にも満たない収入高に縮小されたのである。その状態で、従前の内部組織と、それを構成している人員へ向けた手当を維持してゆくのは不可能である。駿府藩は発足した当初から財政破綻が見えていた。

新政府は、江戸時代を通して続いてきた統治様式、すなわち臣下達に碌米を生産するだけの土地を与える制度を、明治二年（１８６９年）に廃止した。収入の基本となっていた碌米の代わりとして、日本政府が発行する公債を与える制度へと変更した。

さらに、支配階級として位置付けられていた武士、そして被支配階級としての農・工・商従事者という階級社会の上下関係を取り払った。江戸時代には支配階級であった武士たちの心情を慰撫する目的で、士族という呼称の使用だけを許し、四民平等とした。

――・――・――・――・――・――・――・――・――

松野家は徳川宗家に従って駿府へ移ったものの、たちまち生活が行き詰まった。その窮状を毎日の生活、特に食事内容から感じ取った使用人たちは、逐次、いずれへとも告げることなく立ち去った。最後に残ったのが家老の半田光三郎と用人の西橋小四郎であった。

この二人と殿様と呼ばれていた宏之介俊直、そして先代の奥方すみの四人で話し合った結果、半田と西橋は江戸へ帰ることになった。帰る先の江戸で、生活を支える確かな収入源が見つかるかどうかは誰にも分からない。しかしこのままでいれば、四人とも間違いなく飢えに晒されてしまう。その前に、それぞれで新しく生きてゆく道を切り開こうという悲壮な選択であった。

松野宏之介俊直には、若い体力と、自分が母を守らなければならないという強い責任感があった。江戸にいた頃は、剣術の稽古に汗を流すのが仕事のようになっていた。だが、母親と二人だけになってからは、生活方法を根本から変えなければならないと覚悟した。

その頃には徳川慶喜《よしのぶ》は隠居して駿河に移り住んでおり、その周辺には、自発的に警護しようとする旧幕臣たちがいた。その中でも腕が立つ者達の集まりである精鋭隊が、家族と共に駿府で生活していた。明治二年（１８６９年）七月、精鋭隊を率いていた中条金之助は、徳川宗家を継いでいた徳川家達の許可を得て、大井川下流部の西に広がる牧之原（現在の静岡空港付近）と呼ばれる広大な荒地を開拓することになった。

その話を聞いた松野宏之介俊直は、自分も新たな土地を開墾して生活の道を開こうと心に決めた。駿府藩の所有となっていた未利用地の幾つかを見て回るうちに、島田宿に近い大井川に面した東側緩斜面で、雑木林になっている場所が見つかった。急いで駿府へ帰り、そのままの姿で城へ行き、その川沿いの緩斜面を開墾したいと申請した。さいわい、俊直の願いは半月後には裁可され、土地利用許可証が与えられた。

宏之介俊直は再び島田宿近くへと足を運び、あの雑木林付近を所轄地域にしている庄屋を訪ねた。駿府藩が発行した土地利用許可証を庄屋へ示したので、そこの開墾に着手できることになった。その足で雑木林に近い集落に寄り、空き家になっていた古い農家を借り受ける約束を済ませてから駿府へ戻った。

今までとは全く違う生活に入るのである。先ずは、新しい生活に欠かせない必需品を書き出した。それらを大八車に乗せて一度で運べる量へと絞ってゆく。新しい生活に絶対に必要なのは、雑木林の木々を伐採する鉞《まさかり》と鋸《のこぎり》である。毎日使う炊事道具と寝具、さらには伐採活動の間は身に着け、度々洗濯をしなければならない作業衣。そして開墾を始めてから収入を得るまでの間に支出する金子《きんす》である。それらに比べれば、武士の魂と言われている刀剣類は必要度が極めて低い。

はるばる江戸から運んできた高価な陶磁器類や見慣れた軸物、そして見事な衣装類はすべて駿府で売り払って金子に換えた。先祖達の位牌は同じ宗門の寺に預けた。手元には遠い先祖から伝わる脇差が一本と、松野家の代々の主人が使っていたという十個ほどの根付《ねつけ》（巾着や煙草入れなどを結んだ紐の先に付けて、帯に挟む道具）が残った。それに、先々代と先代の殿が好きで集めたという百枚ほどの錦絵だけになった。それらと新しく購入した鉞と鋸、それらの刃を整える砥石類と鑢《やすり》、江戸にいた頃から使っていた日常の衣類、その日の朝まで使っていた小振りな鍋釜、寝具と食器。それらを大八車に積み、母と共に駿府を離れた。

借り受けた古い農家の屋内にそれらを収めてみると、何とも間が抜けた……と、笑い出したくなるほど空間が目立つ住まいになった。

江戸に住んでいた頃から、宏之介俊直の母であるすみは裁縫をしていた。だが、炊事場に立つのは日に一度あるかなしかであった。そのすみは、駿府へ来てからは炊事、洗濯、裁縫など、内向きの日常作業には積極的に手を出すようになっていた。とくに二十歳に届かない息子が、自分たちの生活の責任者として行動する姿を目の前で見るようになってからは、何事にも臆せず手を出していた。

新しい生活に必要な出費には、当面は駿府で家財を売り払って得た金子を当てる。その後は先祖達が集め、手元に残っているわずかな品を売って対処するしかないと覚悟した。

二十二　茶畑

松野宏之介俊直が雑木林の木を伐り始めた。だが当初は鉞《まさかり》と鋸《のこぎり》をどのように使いわけるのか――――、それさえも分からない。体に汗が流れた割には作業が進まず、息ばかりが切れていた。ようやく切り倒した一本の木の脇で汗を拭きながら、その先の作業をどのように進めたらよいかを思案していた。

その宏之介俊直に声を掛けてきた人がいた。七十歳を幾つか過ぎているかと見える老人が、木を倒す手順を説明してくれた。

「わしが言ったようにやってみい」

そう促されたので、木の根方に鋸を当てようとした。だが、老人から注意された。

「何よりも初めに、その木をどの方向へ倒したらいいかを見定めろ」

そうだった、と思いつつ、俊直は老人の顔を見て丁寧に頷いた。

「倒そうとしている方向に面した根方へ、初めは鉞で三角形の切り込みを入れておけ」

老人に言われた通りにした。

切り込みができてからは、その反対側から幹へ鋸を入れた。その切り口がやや大きくなったら、薄い楔《くさび》を打ち込め、と言われた。俊直がその通りに作業を進めてゆくと、木は作業が進むにつれて僅かずつ切り込みを入れた方向へ傾くので、鋸は無理がなく引けた。

木が倒れたので、思わず笑顔になった俊直が老人の顔を見た。

「わしゃあもう身を引いたが、メエ（前）は樵《きこり》だったんじゃ。オメエ（お前）さんは、この斜面の木を全部切り払おうとしているのけえ（かい）」

「はい、木を切り払って茶畑にしようと考えています」

「ほう……。その言葉だと……、オメエさんはこの土地の者じゃあねえね。どっから来たんだね」

「駿府です。その前は江戸から来ました」

「フーン。そんじゃあ……、元は徳川慶喜《よしのぶ》さんに仕えていたお武家さんだったんかね」

「そうです」

「わしゃあ、もう隠居の身だからあぶねえ（危ない）作業はしたかあねえが、こんな傾斜地の雑木林を整理すんなら、煙草を吸いながらだって出来らあ。オメエさんが明日もここで作業をするんなら、俺も道具を持ってきて手伝ってやるよ」

「ええ、――それは有難いお話ですが……、でも、私は貧乏な元の侍なので、御礼が出来そうもないので……」

　僅かに顔をゆがめた老人が首を振りながら、はっきりとした口調で受け止めた。

「礼が欲しくて言ってんじゃあねえんだ」

　それからは穏やかな声で続けた。

「わしゃあな、自分の腕をどっかで見せてえだけなのさ。オメエさんが明日もここへ来るんだったら、その時刻に合わせて俺も自分の道具を持ってくるが、そんで、いいけえ」

「有難うございます。ぜひ、いろいろと教えて下さい」

「そんじゃあ、また明日会おうな」

　老人は風に吹かれるような姿で歩き去った。


　その老人の指導のお陰で、雑木林の木を切り倒す作業はどんどん進んだ。

　倒した木の枝を切り払ってから、幹や太い枝は三尺（約九十センチメートル）になるように鋸で切り揃え、荒縄で二、三本ずつまとめて束にする。その束を借りている古い農家まで大八車で運び、軒が架かった作業場に積み上げた。雨が降って雑木林の伐採作業ができない日には、積み上げてあった木を作業場の軒下で一尺の長さに切り揃えた。切り揃えた幹や太い枝が乾燥してゆくと、縦に割れ目が入る。その割れ目を利用して鉞で割って囲炉裏や竈《かまど》の燃料とし、風呂を沸かすにも使う。

幹から切り落とした細い枝は、一抱えになるほどにまとめてから、体重を掛けながら藤蔓でしっかりと束ね、風に吹き晒される家屋北側の軒下へ立てかけておく。乾燥したら一束ずつ屋内へ運び入れ、適当な長さに折ってから、囲炉裏の灰の中にある種火を炎へと誘導し、煮炊き用に使う。

斜面にあった雑木林が少し整理されてからは、雨になりそうな日を狙い、裸地になった斜面の上の端から火をつけた。火は斜面の下へとゆっくりと燃え広がり、斜面に残っていた落ち葉やら木屑を灰にしてゆく。その火と灰の熱で、まだ生きていた切り株や根が死んでゆく。天候の移りと時刻を勘案し、鍬《くわ》で土をかけて火を消した。次の雨が降りそうな日には、燃え残った切り株の間に菜や蕪の種を蒔《ま》き、季節によっては粟《あわ》、黍《きび》、蕎麦の種を蒔いた。播種しておいた種から出た芽は季節の推移に従って成長し、蔬菜あるいは主食の一部になる。伐採した木の切り株が枯れたのを確認したら抜根し、茶の苗を植え付けた。

明治四年（１８７１年）、新政府から廃藩置県令が出た。それまでは藩の資産とされ、藩士たちを住まわせていた住居、あるいは藩士たちに家庭菜園用に使わせていた土地等は、その時点で使用していた者に所有権が移った。宏之介俊直が開墾していた雑木林は、使用者である俊直の私有地となった。

雑木林があった大井川に面した斜面には霧がしばしば発生するので、良質な茶葉が収穫できた。移住してから数年後には、収穫した茶葉を加工した茶の販売で、母と二人の生活には不自由がないほどの収入をもたらした。

番茶の摘み取りと加工が終わり、農閑期に入って間もなく、俊直は東京（かつての江戸）へ向けて旅立った。東京へ着くと、江戸と呼ばれていた頃に住んでいた根津町はどうなっただろうかと、自然にそちらへ足が向いた。家老だった半田光三郎と用人だった西橋小四郎の消息が分かればよいのだが……、そんな当てのない望みを持ち、日本橋から入谷へと続く道から不忍池《しのばずのいけ》を回り込み、根津町に入った。

さいわい、以前住んでいた邸はほとんど変わらない姿で残っていた。せめて外回りだけでも目に収めておきたいと望み、生垣の外側をゆっくりと歩いていた。

「あのう……、もしや松野のお殿様で……」

背後からためらいがちな声が掛かった。振り向くと、顔に幾筋もの皺が増えた西橋小四郎が体をやや前かがみにして立っていた。

その場の立ち話で、松野家で家老を務めていた半田光三郎は前年に亡くなった、と知らされた。そして現在、西橋小四郎は、元は松野家であった邸を使っている新政府のお役人に雇われ、庭の手入れと薪割りなどの下働きをしているという。

「そうであったか」

すぐには俊直からはそれ以上の言葉が出ない。

ややあってから、屋敷内の下男部屋で、駿府を発ってから今に至るまでに、西橋が辿った暮らしの変化を聞いた。

半田と西橋は生まれて以来、江戸でしか暮らしたことがなかった。駿府の生活が行き詰まった時から、何の迷いもなく江戸へ帰ろうと決めていた。野宿同然の旅をして江戸に着いたものの、それからの生活をどのようにするかは全く当てがなかった。何の見通しもないまま元の松野家の邸の前へ来ると、新しくその邸に入る長州出身のお役人が門前に到着したところであった。半田と西橋は事情を説明し、二人とも下男として雇ってもらった。

宏之介俊直からは、大井川に面した斜面の雑木林を茶畑に作り替えた話を伝えた。その上で、もし西橋がその気になってくれるのなら、一緒に茶を栽培して暮らしてゆこうと誘った。

「もともと、私は武家とはいえ御家人の四男として生まれ、江戸だけで暮らして参りました。一度は殿のお供をして駿府へ参りましたが、その経験から、私は江戸以外の土地では暮らせない男だと自覚いたしました。

殿からお誘いを頂きながらまことに失礼かとは存じますが、私はこの江戸……いや東京で、生涯を終えようと心に決めております。

いずれは、半田様と隣り合った墓に入りたいと望んでおります」

その西橋の言葉を聞いた宏之介俊直は、目をつむって大きく息を吸い、静かに頷くしかできなかった。

世の中の仕組みは変わった。

その変化を正面から受け止め、新たな生き方を見つける努力を重ねる者だけが、次の発展へと踏み出せる――、宏之介俊直は静かに胸に刻んだ。

（了）

著者プロフィール

兎東 保之（うづか やすゆき）

1937年（昭和12年）東京生まれ。千代田区立小川町小学校卒業。東京高等師範学校（現 筑波大学）附属中学校、東京教育大学（現 筑波大学）附属高等学校卒業。東北大学農学部卒業、同大学院農学研究科博士課程単位習得満期退学（農学博士）。

1966～1968年　第一製薬株式会社研究員（醗酵研究所）。

1968～2002年　山梨大学工学部助教授、同教授を経て、同名誉教授。

2002～2007年　放送大学山梨学習センター所長。

1993年 日本醸造協会技術賞。

1999年 南陽理工学院（中国河南省）名誉教授。

著書『半分田舎の生活』（ヒューマンウィングス、2006)、『酵母との対話』（株式会社食品資材研究会、2012)、『飛鳥時代を生き抜く』（近代文藝社、2016)、『江戸時代の上田藩・兎東家五代』（文藝春秋社、2021)

応用微生物学関係書籍で分担・担当など多数。

趣味：バドミントン、屋外作業（果樹、野菜栽培等）

幕府は倒壊へ……我らはどうなる

2024年10月15日　初版第1刷発行

著　者　兎束 保之
発行者　瓜谷 綱延
発行所　株式会社文芸社
〒160-0022　東京都新宿区新宿1－10－1
電話　03-5369-3060（代表）
03-5369-2299（販売）

印刷所　株式会社フクイン

ISBN978-4-286-25759-4